JN007476

5
Tohno Konoe
遠野九重
異世界で手に入れた生産スキルは最強だったようです。
~創造&器用のW《ダブル》チートで無双する~

レティシア
スララ
リリィ

アイリス
高坂コウ
・・・
ミリア

「コウ・コウサカ。もう起きていたのですね」

「おはようー。無事みたいだねー」

「この森、なんだか見覚えがあるな……」

以前に来たことのある場所だろうか。

そもそも、どうして森の中に倒れていたのだろう。

仕事の帰り、俺は電車の中で居眠りをして——そこから先の記憶がない。

俺がひとり肩をすくめていると、背後から声が二つ聞こえた。

CONTENTS

isekai de teniireta
seisan skill ha saikyo
dattayoudesu

プロローグ　終焉との邂逅

俺こと高坂《こうさか》コウはある日突然、現代日本から異世界へと転移させられた。

【創造】や【器用の極意】といったチートスキルに助けられつつ、ようやく王都に辿《たど》り着いた矢先、地下で眠っていた戦神から予想外の事実を告げられる。

どうやらこの世界は『ゾグラル』という怪物によって滅亡の危機にあるらしい。

ゾグラルはあらゆるものを吸収する性質を持ち、これまでに数多《あまた》の世界を呑《の》み込み、自分の中に取り込んできた。

そして次の標的となったのが、俺のいるこの世界なのだとか。

冗談じゃない。

こっちは日本での過重労働から解放されて、異世界で久しぶりの自由を満喫しているんだ。

世界の危機なんてものは全力で遠慮したいところだが、世の中はそんなに甘くない。

王都では俺を狙うかのように複数の災厄（白竜、緑竜、黄竜）と大災厄（色欲竜、憤怒竜、嫉妬竜）が現れ、さらには憤怒竜と嫉妬竜が融合して生まれた魔神竜により、チートスキルのほとんどを封じられた。

まさに絶体絶命の危機だ。

それでも諦めたくないと足掻《あが》いた結果、俺は自分の中に眠っていた大災厄《煌々《こうこう》たる強欲竜》との融合を果たし、無限に進化を続ける【覚醒】の力によって魔神竜を打ち破った。

融合を解除した後、俺は極度の疲労によって眠り込んでしまい、次に目を覚ましたときには翌日の夜となっていた。

およそ三十時間の睡眠といったところか。

こんなに長々と眠っていたのは人生で初めてのことだったから、さすがの俺も本気で驚いた。

ただ、ゆっくり寝たおかげで激戦の疲労はすっかり消え去っており、普段よりも好調に感じられるほどだった。

迎賓館の部屋にはアイリス、リリィ、レティシアの三人が見舞いに来ていたが、途中でリリィとレティシアはいなくなってしまった。

そこからは俺とアイリスの二人きりで話をしていたが、突如として異常が起こった。


ギイイイイイイイイイイイイイイイイイイイイイイイッ！


ガラスを爪で引っ掻《か》いたような、たまらなく不快な音が鳴り響く。

窓から外を見れば、星空の一角が内側に向かって凹《へこ》み、無数の亀裂に覆われていた。

星空の亀裂はだんだんと拡大し、互いに繋《つな》がって、やがて闇色の三日月となる。

そこから滲《にじ》むように這《は》い出してきたのは、巨大なひとつの『泡』だった。

表面は毒々しい紫色で、眺めているだけで鳥肌が立ってくる。

「……あれって、もしかして」

震える声でアイリスが言う。

「災厄や大災厄を生み出したっていう――」

「ああ」

俺は頷《うなず》く。

身体の奥で大きな力が渦巻くような感覚があった。

俺の中で眠る強欲竜も、ヤツの存在に気づいたのだろう。

――ゾグラル。

世界を滅ぼす終焉《しゅうえん》の『泡』が、ついに姿を現した。

第一話　終焉に立ち向かってみた。

夜空に浮かぶ、巨大な紫色の泡――。

その姿を見上げながら、俺は【鑑定】を発動させる。

ゾグラル：森羅万象を呑《の》み込む滅亡の化身。泡の表面に触れたものを無差別に吸収し、自らの一部として取り込んでしまう。その内部は異次元に繋《つな》がっており、無限に等しい広がりを持つ。

【鑑定】の説明文は、戦神が言っていた内容とほぼ同じだった。

新しい情報としては、ゾグラルの内部が異次元に繋がっている、ということか。

異次元ってどんな場所なんだろうな。

純粋な好奇心として気になるところだが、さすがに命を捨ててまで確かめるつもりはない。

「とりあえず、リリィやレティシアと合流するか」

「そうね。まだゾグラルに動きはないし、今のうちに準備を整えましょう」

俺はアイリスの言葉に頷《うなず》くと【オートマッピング】を発動させた。

目の前に半透明のウィンドウが現れ、周辺の地図が表示される。

「リリィとレティシアの場所を教えてくれ」

俺がそう告げると、ウィンドウの地図に赤色の光点が二つ、ほとんど同じ場所に表示された。

どうやら二人とも迎賓館の庭にいるらしい。

俺とアイリスは揃《そろ》って部屋を出ると、足早に廊下を歩く。

その途中、アイリスが声をかけてくる。

「ねえ、コウ」

「どうした？」

「この戦いが終わったら、服でも買いに行かない？」

「随分と唐突だな」

「願掛けみたいなものよ。この先の予定を決めておいたら、ゾグラルに負けそうになっても踏ん張りが利くでしょう？」

「確かにな。でも、どうして服なんだ」

「コウって私服、あんまり持ってないわよね」

「まあ、そうだな」

フェンリルコートなどの装備品を除くと、俺が持っているのは異世界に来たときに着ていたスーツくらいだ。

スーツを私服として着るのはどうなんだ、とも思うが、もともとファッションにあまり興味がなかったせいで、他に服らしい服を持っていないんだよな。

【アイテムボックス】には衣服のクリーニング機能もついているおかげで、スーツ一着だけでなんとかなってしまうのも大きな理由だ。

「というか、俺がほとんど服を持っていないの、よく気づいたな」

「いつも一緒にいるんだもの。それくらい気づくわ」

それもそうか。

振り返ってみれば、アイリスと出会ってから今日まで、ほとんど毎日一緒にいるもんな。

なんとなく、この先もずっと一緒にいるような予感がある。

「それじゃあ、ゾグラルとの戦いが終わったらコウの服を買いに行きましょう。約束よ」

「分かった。覚えておく」

「ふふっ、楽しみだわ」

アイリスは嬉《うれ》しそうに微笑《ほほえ》んだ。

その表情を見ていると、俺まで気持ちが温かくなってくる。

ゾグラルに負けられない理由ができたな。

アイリスとの約束を守るためにも、絶対に勝とう。


俺たちは迎賓館を出ると、そのまま敷地内の庭園へと向かった。

池の近くにはリリィとレティシアの姿があり、すぐにこちらへ駆け寄ってくる。

二人とも状況は把握しているらしく、真剣な表情を浮かべていた。

「コウさん。わたしは、いつでも戦えます」

「いよいよ決戦ですわね。腕が鳴りますわ」

リリィもレティシアもすでに戦意は十分のようだ。

この様子なら、あらためて意思を問う必要もないだろう。

まったく。

みんな頼もしいな。

俺が苦笑していると、レティシアが声をかけてくる。

「それではコウ様、出陣の前に一言、お願いしますわ」

「随分と急だな」

困ったぞ。

いったい何を言えばいいんだ。

俺はしばらく悩んでから、咳払《せきばら》いをして口を開いた。

「この戦いが終わったら、アイリスと服を買いに行く約束をしているんだ。……約束を守るためには、ゾグラルを倒さなきゃいけない。悪いが力を貸してくれ」

うーん。

言ってみて気づいたが、随分とプライベートな理由だな。

世界の命運とかそういう話をするべきだったか？

内心で後悔しつつ、三人の反応を窺《うかが》う。

「あらあら、まあまあ」

真っ先に声をあげたのはレティシアだった。

「それは絶対に負けられませんわね。リリィ様もそう思いませんこと？」

「はい」

リリィはいつになく強い意志を目に宿して頷くと、アイリスのほうを向いた。

「アイリスさんのためにも、わたし、頑張ります。期待してください」

「ええと、ありがとう……？」

アイリスは戸惑いがちな様子で頷くと、俺のほうに視線を向けた。

「レティシアもリリィちゃんも、どうしてこんなにやる気なのかしら……？」

「分からん」

とはいえ、二人ともさらに気合が入ったみたいだから、結果としては上々なのだろう。

そんなことを考えていると、リリィが俺に告げた。

「コウさん、変わりましたね」

「そうか？」

「はい。以前なら、王都の人々を守ろうとか、そういう話をしていたと思います」

「まあ、そうだよな。正直、柄にもないことを言ったような気がするよ」

「それだけわたくしたちに心を開いてくれた、ということですわね。親しくない相手に個人的な話はできませんもの」

レティシアがそう言って、クスッと笑いながら続ける。

「まあ、魔神竜との戦いは本当に大変でしたし、あれだけの危機を一緒に乗り越えたのですから、それでも距離を置かれていたら泣くしかありませんわ」

「安心してくれ。みんなのことは頼りにしているよ」

俺はそう言って話を締めくくると、天空に浮かぶゾグラルに視線を向ける。

幸い、まだ相手に動きはない。

地上に降りてくる様子もなさそうだし、できれば王都には被害を出したくない。

そのあたりを考えると、空を戦場にすべきだろう。

俺は内心でそう結論づけると【アイテムボックス】を開き、戦闘時の装備を呼び出した。

――アーマード・ベア・アーマー。

アーマード・ベアを素材とした、荒々しい外見の鎧《よろい》だ。

防御力の高さもさることながら、付与効果の《怪力S＋》のおかげで大きな剣を軽々と振り回せるし、《聴覚強化A》もちょこちょこ役に立っている。

俺の防具の中では、まさしく『縁の下の力持ち』というべきポジションになっているのだ。


――フェンリルコート。

フェンリルの毛皮から【創造】した漆黒のコートで、いつもアーマード・ベア・アーマーの上に羽織っている。

こいつの防御力もかなりのものだし、《神速の加護EX》にはどれだけ助けられたか分からない。

まさに俺の生命線というべき装備品だ。


――バスタード・ガントレット。

もともとは『黒蜘蛛《くろくも》の籠手《こて》』という防具だったが、ホワイトスコーピオンの素材を加えて【創造】することで、新しい姿へと生まれ変わった。

稲妻を放出する《白蠍《しろさそり》の雷撃EX》は多数の敵を相手にするとき、大いに役立ってくれるだろう。

金色の光が広がって、一瞬のうちに防具の装着が行われる。

さらに俺は【アイテムボックス】からフライングポーションを取り出した。

自分が飲む分はもちろんのこと、アイリス、リリィ、レティシアにも四本ずつ渡しておく。

「今回は長期戦になるかもしれない。フライングポーションの効果は三十分で切れるから、その点だけは気をつけてくれ」

「あの、コウさん」

リリィが遠慮がちに手を挙げる。

「わたしは自分で飛べますから、コウさんが多めに持っておいてください」

リリィはそう言って、両手を組んで軽く目を閉じる。

次の瞬間、全身が銀色の輝きに包まれ、背中から純白の翼が広がった。

「戦神様の力を継承したおかげで、空を飛べるようになりました。フライングポーションは、なくても大丈夫です」

「なるほどな。ただ、ゾグラルが何をしてくるか分からない。戦神の力を封じてくる可能性もあるし、いざというときの保険としてフライングポーションを持っておいてくれ」

「いいんですか」

「ああ。俺の安心のためにも、頼む」

「分かりました。心配してくださって、ありがとうございます」

リリィはふっと表情を緩めると、フライングポーションを受け取ってくれた。

渡すべきものも渡したし、自分のことを済ませようか。

俺はフライングポーションの封を開け、一気に飲み干す。

口の中に、上質なワインのような、豊潤でふくよかな香りが広がる。

ほどなくして《風の加護S＋》が発動し、身体がふわりと宙に浮かんだ。

「ゾグラルに接近する。三人は後ろからついてきてくれ」

「分かったわ」

アイリスが俺の言葉に頷く。

「コウ、気をつけてね」

「もちろんだ。もし相手が攻撃してきたら、皆、自分の判断で回避してくれ」

俺はそう告げると、風を操り、一気に上昇した。

ある程度の高さに達したところで視線を下に向けると、王都の様子が目に入った。

大勢の人々が外に出て、ゾグラルのほうを見上げている。

まあ、当然だよな。

いきなり紫色の大きな泡が空に現れたら、誰だってビックリする。

パニックが起こらないか心配になるが、国王のオクト・ディ・ノルディックは《カリスマA＋》というスキルを持っているし、騒ぎがあれば人々を一喝して静めてくれるだろう。

俺は王都から視線を外すと、再び高度を上げていく。

だんだんとゾグラルとの距離が縮まっていくにつれて、相手の巨大さがあらためて分かってきた。

魔神竜は全長およそ二百メートルに迫るほどの巨躯《きょく》だったが、ゾグラルはそれよりもさらに大きい。

おそらく五倍以上——直径一キロメートルを超えているだろう。

勝てるだろうか。

大きければ強いというものではないが、それでも圧倒されるような感覚があった。

ん？

よく見ると、ゾグラルがこの世界に現れるときに通ってきた三日月型の亀裂が塞《ふさ》がりつつあった。

あれがいったい何なのかはよく分からないが、おそらく、世界の外と内を繋ぐ穴なのだろう。

やがて亀裂が完全に塞がると、数秒の間を置いて、ゾグラルに変化が起こった。

ボコ、ボコ、ボコ——。

球形の身体のあちこちからクラゲのような半透明の触手が現れたのだ。

俺たちの接近に気づいて迎撃態勢を取ったのかもしれない。

あえて名付けるなら、ゾグラル第二形態といったところか。

俺はひとまず上昇をやめて、その場で様子を窺うことにした。

新たな姿となったゾグラルから異様な気配を感じたからだ。

敵意、殺意、悪意——。

意思も感情も持たないはずのゾグラルから、そういった負の思念を感じる。

迂闊《うかつ》に接近するのは危険かもしれない。

俺は【アイテムボックス】を開き、右手にグラム・イミテイトを、左手にグラム・オリジンを構える。

そうしてゾグラルを見上げていると、アイリス、レティシア、リリィの三人が追いついてきた。

「ゾグラルの形、変わったわね」

「俺たちを警戒しているのかもな」

俺はアイリスの言葉に答えると、レティシアに視線を向けた。

「レティシアは前にゾグラルと戦ったんだよな。あの姿に見覚えはないか？」

「ありませんわね」

申し訳なさそうな様子でレティシアが首を振った。

「ただ、わたくしが敗北してからもゾグラルは数多くの世界を喰《く》らってきたはずですし、新しい力を手に入れていたとしても不自然ではありませんわ」

「――なんだか、ゾグラルの雰囲気が変わった気がします」

そう呟《つぶや》いたのはリリィだ。

「うまく言えませんけど、さっきまではただそこに存在しているだけの、自然現象に近い雰囲気でした。でも、今はわたしたちへの敵意みたいなものを感じます」

「確かにな」

俺はリリィの言葉に頷く。

「そもそもの話、ゾグラルは神々を軽く蹴散らせるくらい強いんだから、世界を滅ぼしたいならさっさと自分で乗り込んでくればいいんだ。それなのに災厄やら大災厄やらを送り込んできているあたり、ゾグラルに変化が起きているのかもしれないな」

その変化によって弱体化してくれていたらいいが、世の中、そうそう甘いものじゃないだろう。

想像以上に苦しい戦いになるかもしれないな。

俺がそう考えた矢先——。

触手のひとつが、ぐにょり、と蠢《うごめ》いた。

俺は反射的に叫んでいた。

「来るぞ！」

直後。

俺たちのいる場所へと向けて、触手がものすごい速度で伸びてきた。

「させないわ！」

アイリスが聖竜槍《せいりゅうそう》フィンブルを構えた。

直後、《真・竜神結界ＥＸ》が発動し、銀色の光の壁が触手の行く手を阻む。

だが。

触手が結界に触れた途端、結界は触手の内部へと吸い込まれるようにして消滅していた。

「そんな！」

アイリスが驚愕《きょうがく》の声をあげる。

これまでの戦いにおいて《真・竜神結界ＥＸ》は災厄や大災厄の攻撃を何度となく防いできたが、

ゾグラルの吸収能力は結界の性能をはるかに上回っているらしい。

「皆、避《よ》けろ！」

俺は声を張り上げつつ、大きく左へと旋回してその場を離れる。

アイリスもすぐに動揺から立ち直り、俺と同じように左方向へと回避行動を取っていた。

リリィとレティシアは右側へと移動していた。

そうして誰もいなくなった空間を、触手が奔《はし》り抜けていく。

「随分と長い触手だな」

俺は思わず呟いていた。

俺たちとゾグラルのあいだには最低でも五百メートルの距離が空いていた。

触手はそれだけの距離を伸び――さらにまだ伸び続けている。

やがて地上へと到達した。

そこは王都の北側にある山だった。

触手はそのまま山を撫《な》でるように動くと、しゅるしゅると縮むようにしてゾグラルの本体に戻っていく。

その動きは、掃除機に収納されるコードを思わせた。

一方――

触手に撫でられた山はまるごと消滅して、平坦《へいたん》な荒野に変わり果てていた。

「山を吸収した、ってこと……？」

俺のすぐ横でアイリスが呟く。

「あれがもし王都だったら……」

「全滅だろうな」

俺の脳裏に、最悪の事態がよぎる。

ゾグラルの触手が王都を端から端までサッと撫でる。

たったそれだけで、王都に住む何百万の人の命が消え去るのだ。

もちろんミリアやレリックといった俺の仲間たちも例外じゃないだろう。

……そんな事態は、絶対に防がねばならない。

そんなことを考えているとゾグラルの体表の触手が、またひとつ、ぐにょりと蠢いた。

狙いは俺たちか、それとも離れたところにいるレティシアとリリィか。

違う。

突き出された触手が向かう先は、王都だった。

「させるか！」

俺は全速力で触手のほうへ向かう。

両手の剣に魔力を込め《戦神の斬撃S＋》を発動させた。

「はあああああああああああっ！」

左右の剣を交差させるように振り下ろす。

光の斬撃がX字に放たれ、触手の先端にぶちあたり——そのまま吸収されてしまう。

もちろんこの結果は最初から予想していた。

けれども、無駄だからといって何もしないなんてことはできなかった。

少しでも触手の軌道を逸《そ》らすことができれば王都の被害を避けられるかもしれない。

そんな思いで二度目の《戦神の斬撃S＋》を発動させたときだった。

「おおおおおおおおおおっ！」

X字の閃光《せんこう》が触手に到達し、先ほどと同じように吸収される。

その直後——

「やあああああああああっ！」

アイリスの叫び声が聞こえた。

チラリと視線を向ければ、俺のいる場所よりやや後方で聖竜槍フィンブルを構えていた。

《絶対凍結EX》が発動し、先端から青色の閃光が放たれる。

攻撃を仕掛けたのはアイリスだけじゃなかった。

「いきます！」

リリィが、ユグドラシルの弓を構え——放つ。

銀色の矢が流星となって、触手へと向かう。

「——【墜星《ついせい》】」

レティシアの固有能力が解放され、空の彼方《かなた》から隕石《いんせき》が召喚される。

青い閃光、銀の流星、そして隕石。

三つの攻撃が、ほぼ同時に触手へと到達し——やはり、吸収されてしまう。

だが。

ここで予想外の事態が起こった。

王都へと一直線に伸びていたはずの触手が、ピタリと動きを止めた。

それから、まるで苦しむようにブルブルと震え——先端から根元までが、一気に弾《はじ》けた。

弾けた触手はそのまま紫色の粒子になって、空気に溶けるようにして消えていく。

何が起こったんだ？

俺の疑問に答えるように、脳内に【フルアシスト】の声が響く。


ゾグラルの触手は吸収能力を持つものの、限界があるようです。

限界以上のエネルギーを注ぎ込めば、破壊が可能です。


【フルアシスト】はいまだにセーフモードが継続されており、その声色は機械的で淡々としている。

ともあれ、触手を破壊する方法は分かった。

吸収系の敵には限界以上のエネルギーを吸収させて倒す。

ゲームやアニメじゃ定番の戦法だが、どうやら実際に有効らしい。

ほどなくしてアイリスたちが俺のところにやってきたので、【フルアシスト】から得た情報をすぐに伝える。

「つまり、手も足も出ない相手ってわけじゃないのね」

「ああ。まずは触手を潰《つぶ》していこう。レティシアとリリィもそれでいいか」

「異論はありませんわ。できることからひとつずつ、ですわね」

「地下の戦神様も、言ってます。汝《なんじ》らならゾグラルを倒せるかもしれない、って」

リリィはチラリと王都のほうへ視線を向けながら呟いた。

「まだ油断はできないけどな」

俺はそう答えつつ、視線をゾグラルへと向ける。

今のところ、向こうに動きは見えない。

だったら、こっちから仕掛けるか？

そう考えた矢先のことだった。

ぐにょり、ぐにょり、と。

ゾグラルの表面から出ている触手、そのすべてが同時に蠢いた。

総数としてはおそらく百本を超えているだろう。

「一斉攻撃、ってところか」

「まずいわね」

アイリスがゴクリと息を呑む。

「あれだけの触手がまとめて向かってきたら、さすがに潰しきれないわ」

「大丈夫だ。対策はすでに考えてある」

俺はそう答えると【リミットブレイク】の発動を念じた。

それは以前、暴食竜との戦いを終えた後に入手したスキルで、一時的に魔力容量を大きく引き上げることができる。

全身が黄金色の暖かな光に包まれ、ＭＰが爆発的な増大を始める。

1兆、１０兆、１００兆――。

わずか数秒のうちに１０００兆に達し、ほどなくして一つ上の単位である1京《けい》を超えて1垓《がい》へと至る。

我ながらとんでもない魔力量だ。

左手に目を向ければ、竜の形を象《かたど》ったような、真紅《しんく》の紋章が浮かんでいる。

俺は左手を掲げると、続いて【災厄召喚】の発動を念じた。

「我が声に応えて冥府より来たれ。かつて炎帝竜と呼ばれしもの、即ち、極滅の黒竜よ」

呪文の詠唱とともに、紋章が激しい光を発した。

俺のすぐ背後に魔法陣が浮かび、そこから黒竜が姿を現す。

「ガアアアアアアアアアアアアアアアアアアッ！」

激しい咆哮《ほうこう》が空気を震わせた。

「なるほど、コウ様の考えが分かりましたわ」

俺のすぐ左で、納得したようにレティシアが頷いた。

「わたくしたちだけで手が足りないなら、増やせばいい。そういうことですのね」

「正解だ。まだまだいくぞ」

俺は大きく息を吸い込むと、連続して【災厄召喚】を発動させる。

念のために説明しておくが、【災厄召喚】は億単位の魔力と引き換えに、討伐済みの災厄を召喚するスキルだ。

俺がこれまでに討伐した災厄は、黒竜の他にも存在する。

だから、こんなことも可能だ。

「我が声に応えて冥府より来たれ。かつて氷帝竜と呼ばれしもの、風帝竜と呼ばれしもの、地帝竜と呼ばれしもの。――即ち、絶壊の白竜、裂亡の緑竜、破震の黄竜よ」

さらに魔法陣が三つ浮かび、三匹の巨竜が姿を現す。

「グゥウウウ……オオオオオオオオオッ！」

「ガァアアアアアアアアアアアアアアッ！」

「グオオオオオオオオオオォォォォォォッ！」

三匹ともそれぞれ雄叫《おたけ》びをあげ、ゾグラルを睨《にら》みつける。

「すごい、迫力です」

リリィは目を丸くしながら呟いた。

「災厄を四匹も従えるなんて、コウさんは、やっぱり規格外です」

「ありがとうな。……でも、まだ終わりじゃないんだ」

「えっ？」

リリィが驚きの声をあげる横で、俺は脳内に浮かぶ呪文を唱えた。

「我が盟約に従いて来たれ。人にして大災厄、大災厄にして人たるもの。即ち、遥《はる》かなる怠惰竜」

本来、【災厄召喚】の対象は災厄だけで、大災厄は含まれない。

だが怠惰竜――タイダルとだけは契約を交わしているために、例外的に召喚が可能だった。

これまでよりもひときわ大きな魔法陣が天空に描かれ、灰色の鱗《うろこ》を持つ竜――怠惰竜が姿を現す。

怠惰竜は俺のほうを向くとニヤリと口元に笑みを浮かべた。

――ようやくワシの出番じゃな。よし、任せておけ。

そう言っているように感じられた。

「タイダル、よろしく頼む」

「ガアッ！」

俺の言葉に応えるように、タイダルは唸《うな》り声をあげた。

これで準備は完了だ。

こちらの戦力としては、俺、アイリス、リリィ、レティシアの四人に加えて、黒竜、白竜、緑竜、黄竜という四匹の災厄、そして大災厄の怠惰竜という、かつてないほど大規模なものになっている。

「これならゾグラルにも勝てるかしら」

フィンブルを構えながらアイリスが呟く。

《絶対凍結ＥＸ》が発動し、槍《やり》の穂先が青色の閃光に包まれる。

「勝ちましょう。絶対に」

リリィがユグドラシルの弓を構える。

番《つが》えられた矢が、銀色の輝きを放った。

「ここまでくれば、あとは全力でぶつかるだけですわね」

レティシアが右腕を掲げ【墜星】の発動体制に入った。

「皆、よろしく頼む」

俺は短くそう告げると、グラム・イミテイトを【アイテムボックス】に戻し、空いた右手を前にかざした。

「――【煌々たる竜の息吹《シャイニングブラスター》】」

これは魔神竜との戦いの最中に生み出したスキルで、体内に眠る強欲竜の力を引き出し、万物を消滅させる熱線として放出する。

その威力は《戦神の斬撃S＋》をはるかに上回っており、【煌々たる竜の息吹《シャイニングブラスター》】はスキルというよりは必殺技と呼んだほうが正しいかもしれない。

消費魔力は一回につきMP換算で１５０京となる。

普段なら絶対に発動できないが、現在、俺の魔力は【リミットブレイク】によって爆発的に上昇している。

これくらいの消費量はさほど問題にならない。

ギイイイイイイイイイイイイイイイイイイイイイッ！

ガラスを爪で引っ掻《か》いたような、たまらなく不快な音が鳴り響く。

これはゾグラルの咆哮のようなものだろうか。

直後、ゾグラルの表面にある無数の触手がひときわ大きく蠢いた。

そして、一斉にこちらへ向かって伸びてくる。

「今だ！」

俺は声をあげて【煌々たる竜の息吹《シャイニングブラスター》】を発動させる。

前方に突き出した右手を中心として円と三角形を組み合わせた紋章が現れ、極大の熱線が放たれる。

同時に、他の皆も攻撃を開始した。

アイリスは《絶対凍結ＥＸ》、リリィはユグドラシルの弓、レティシアは【墜星】を放つ。

四匹の災厄……黒竜、白竜、緑竜、黄竜はそれぞれ顎《あご》を大きく開いてブレスを吐き、怠惰竜は全身から稲妻を迸《ほとばし》らせる。

俺たちの同時攻撃によって触手は次々に破裂していく。

ゾグラルは新たな触手を生み出して攻撃を続けるが、こちらの弾幕を突破できずにいた。

状況としてはこちらが押しているが、できればあと一歩、決め手が欲しい……といったところだ。

俺がそう考えた矢先、【フルアシスト】の無機質な声が聞こえた。

一、コウ・コウサカは【転移者】です。
一、コウ・コウサカの魔力は、現在、5000京を超えています。
一、コウ・コウサカは【災厄召喚】によって極滅の黒竜、絶壊の白竜、裂亡の緑竜、破震の黄竜の四体を召喚しています。
以上の条件をすべて満たしているため、【神技】が一時的に解放されます。

極大神技『ダインスレイヴ』が使用可能です。


同時に、技の詳細が頭の中に流れ込んでくる。

なるほど。

ダインスレイヴといえば北欧神話に出てくる魔剣の名前だが、この世界では技の名前になっているようだ。

黒竜、白竜、緑竜、黄竜という四つの災厄の力を剣に宿し、敵を討ち滅ぼす。

消費魔力は【煌々たる竜の息吹《シャイニングブラスター》】よりも大きいぶん、威力も相当のようだ。

地上に向けて放ったなら、王都だけでなく、この大陸の半分以上が吹き飛んでしまうだろう。

もちろん、そんなマネはしないけどな。

ともあれ、これで勝負の決め手は手に入った。

発動のための呪文はすでに俺の脳裏に浮かんでいる。

俺は意識を集中させると、その言葉を口にした。

「災厄の竜たちよ。その力でもって終焉《ゾグラル》を討滅せよ。――ダインスレイヴ」

言い終わると同時に、全身がドクンと震えた。

黒竜たちが雄叫びをあげた。

「ガアアアアアアアアアアアアアアアアッ！」

「グゥウゥウゥ……オオオオオオオオオオオッ！」

「ガァァァァァァァァァァァァァァァァァッ！」

「グオオオオオオオオオオオォォォォォォォッ！」

ほどなくして、四匹の竜はそれぞれ黒、白、緑、黄の粒子に変換され、俺が左手に持っているグラム・オリジンへと吸い込まれていく。

銀色の刀身が、虹の輝きを発した。


極大神技『ダインスレイヴ』、カウントダウンを開始します。
10、9、8、7――

黒竜たちが抜けたことで、こちらの弾幕はかなり薄くなっていた。

そのせいでゾグラルの触手がじりじりとこちらに迫り始める。

「みんな、あと数秒だけもたしてくれ！」

俺がそう叫ぶと、最後にもう一度だけ【煌々たる竜の息吹《シャイニングブラスター》】を放ち、両手でグラム・オリジンを握り直した。

剣にはかつてないほどのエネルギーが満ち満ちていた。

これならゾグラルの触手を一掃するどころか、本体さえも打ち破ることが可能かもしれない。

【鑑定】によるとゾグラル本体の内部は無限に等しい広がりを持つらしいが、あくまで無限に等・・しいだけで、無限というわけじゃない。

つまり吸収できる量には限界が存在するはずだ。

全身全霊の攻撃を叩《たた》き込めば、倒せるかもしれない。

俺はグラム・オリジンを高く構える。

発動まで、あと少し。

3、2、1——ゼロ。

「はああああああああああああっ！」

俺は全身全霊、ありったけの力を込めてグラム・オリジンを振り下ろした。

その軌道をなぞるようにして、虹色の閃光が放たれる。

閃光はこちらに迫る触手を次々に破裂させ、ついにはゾグラルの本体に到達した。

爆発が巻き起こる。

烈風が吹き抜け、黒煙があたりに濛々《もうもう》と立ち込める。

やったのか……？

そんな思考が頭をよぎった瞬間だった。

煙の向こうから、一本の触手が現れた。

それはまっすぐに怠惰竜を目指して伸びている。

「ガァッ!?」

視界が煙に閉ざされていたこともあって、怠惰竜の回避行動は遅れていた。

触手が怠惰竜を呑み込む——直前、俺は【災厄召喚】を解除した。

怠惰竜の姿がフッと消えて、触手は空を切る。

触手はそのまま煙の向こうへと戻っていった。

「コウ、今のって……」

硬い声でアイリスが言う。

「まだゾグラルが生きている、ってことかしら」

「たぶんな」

俺がそう答えた直後、強い風が吹いた。

あたりに立ち込めていた煙が払われていく。

その向こうには、ゾグラルの姿があった。

すでに触手という触手は再生を果たしている。

本体には傷一つついていない。

【フルアシスト】が無機質な声で、絶望的な事実を告げた。

ゾグラル本体へのダメージは認められません。

吸収限界は推定不可能、あるいは無限大と推定されます。


つまり、ダインスレイヴはゾグラルの触手こそ一掃できたが、本体にはまったく効いておらず、そのまま吸収されてしまったことになる。

キツいな。

ダインスレイヴは今の俺が使える最大最強の攻撃だ。

それが効かないというなら、さすがに打つ手が――。

「コウさん！　ゾグラルの様子が変です！」

リリィの叫びに、俺はハッと我に返る。

また触手の攻撃か!?

いや、違う。

予想外の変化がゾグラルに起こっていた。

まるでスライムのように全身がグニョグニョと蠢き、形が変わっていく。

触手が内側に引っ込み、再び泡のような球体に戻る。

その下面に切れ込みが入り、左右に大きく開いた。

「まるで口ですわね」

レティシアが呟く。

確かにそのとおりだ。

現在のゾグラルは、まさに『世界を喰らう怪物』としか言いようのない姿になっていた。

触手の出た状態を第二形態とするなら、これが第三形態か。


ギイイイイイイイイイイイイイイイイイイイイイイッ！


ガラスを爪で引っ掻いたような、たまらなく不快な音が鳴り響く。

そしてゾグラルは動き始めた。

下面にある口をさらに大きく開くと、地上に向かって降下を始める。

向かう先は俺たちのいる場所からは大きくズレている。

どこに行くつもりだ。

疑問に思ったのは一瞬のことで、答えはすぐに理解できた。

王都だ。

俺たちのことはさほどの脅威ではないと判断したらしく、王都とそこに住む人々を吸収することを優先したらしい。

マズい。

止めなければ。

「アイリス、リリィ、レティシア！　三人はそこからゾグラルに攻撃してくれ！」

俺はそう叫ぶと《神速の加護ＥＸ》を発動。

スローモーションの世界を駆け抜け、ゾグラルの進路上に滑り込んだ。

俺は真正面からゾグラルを見据える。

大きく開かれた口の向こうには深淵《しんえん》の闇が広がっている。

呑み込まれたら、二度と還《かえ》ってこられそうにない。

もちろんおとなしくエサになってやるつもりはない。

王都の人々を——そこにいるレリックやミリア、スララを守らないといけないからな。

だが、どうやって？

ダインスレイヴが効かなかった以上、もはやゾグラルを倒す手段はない。

とはいえ諦めるつもりはなかった。

ゾグラルの動きを止める手段なら、ひとつだけ心当たりがある。

——【空間遮断】。

その名前のとおり、空間そのものを『遮断』してあらゆる攻撃を防ぐスキルだ。

直径一キロメートルを超えるゾグラルの巨体を阻むには、それと同じだけの空間を遮断せねばならないので、一秒あたりの消費魔力としては兆どころか京を超えて垓の域に達する。

普段なら絶対に不可能だが、俺の魔力は【リミットブレイク】によって増大を続け、垓のふたつ上の単位である穣《じょう》に達している。

現実的に可能な範囲だ。

俺はグラム・オリジンを右手に持つと、空いた左手をゾグラルに向かって突き出し、意識を集中させた。

「――【空間遮断】」

直後。

俺とゾグラルのあいだに存在する空間がグニャリと歪《ゆが》んだ。

そこにゾグラルの巨体が衝突する。

ゾグラルはあらゆるものを吸収する力を持っているが、そもそも空間が繋がっていなければそこから先に進むことはできない。

……はずだった。

だが【空間遮断】によって歪めたはずの空間が、徐々に本来の姿に戻りつつあった。

ゾグラルが何かの能力を使っているのか？

俺はさらに魔力を込めて【空間遮断】を強めるが、ほどなくして突破されてしまう。

ゾグラルの巨大な口が俺を呑み込もうと迫る。

もちろん、そのままエサになってやるつもりはない。

俺はすぐに《神速の加護ＥＸ》を発動させる。

スローモーションになった世界の中で、俺は高速で回避行動を取ろうとした。

だが、どういうわけか身動きがまったく取れなかった。

まるで地面の中に埋められてしまったかのような感覚だった。

いったい何が起こっているんだ。

思考を巡らせる俺の脳裏に、【フルアシスト】の無機質な声が響く。


ゾグラルは超高度の時空支配能力を有しています。

それによって【空間遮断】を無効化し、さらに現在、コウ・コウサカの動きを封じていると推定されます。


同時に、時空支配能力についての情報が脳内に流れ込んでくる。

以前にスリエで戦った暴食竜は【空間操作】という固有能力を持っていたが、ゾグラルの時空支配能力はその上位互換、いや、超位互換というべきものらしい。

端的に説明するなら『時空間を意のままに操り、常識では考えられない現象を引き起こす』といったところか。

対策としては、相手と同等以上の時空支配能力を持つことだけ。

だがそんなものは持っていない。

いや、待てよ。

魔神竜との戦いのときのように強欲竜と融合すれば【覚醒】によって時空支配能力を手に入れる

ことが可能じゃないか？
そんなふうに考えた直後、身体の奥でドクンと何か大きなものが震えた。
続いて、俺そっくりの声――強欲竜の声が脳裏に響く。

さすがにそれは無理だ。
あれはゾグラルだけが持つ特殊な力だからな。
ただ、何事にも例外がある。
あと少しだけピースが揃《そろ》えば、おまえにも時空支配能力が行使できるはずだ。

でも、このままじゃ俺はゾグラルに呑み込まれる。
ピースとやらを揃えている暇はないぞ。

大丈夫だ。
オレが時間を稼いでやる。
このときのために、おまえの中で眠りながら力を蓄えていたからな。
オレが全力を出せば、三日は足止めできるだろう。
そのあいだにゾグラルをなんとかする方法を手に入れろ。
鍵は、【創造】とおまえの記憶だ。

俺の記憶？

【創造】が鍵になるのはなんとなく理解できるが、記憶がどうして関係あるのだろう。

……だが、俺の疑問に対して答えは返ってこなかった。

代わりに、身体から何か大きなものが剝がれていくような感覚があった。

意識が乱れ、《神速の加護ＥＸ》と【リミットブレイク】が解除された。

時間が本来の速度に戻り、さらに、身体を包んでいた温かな光がスッと消えていく。


おまえと一緒に旅をしてきて、楽しかったぜ。

姉さんによろしくな。


そんな声が脳裏に響いた直後、目の前に、円と三角形を組み合わせたような形の、巨大な魔法陣が浮かび——そこから、まるで太陽のように煌々《こうこう》と輝く金色の竜が現れた。

それが強欲竜であると、俺は直観的に理解していた。

強欲竜は一瞬だけチラリと俺のほうを見ると、視線をゾグラルへと向けた。

「ガアアアアアアアアアアアアアアアアアアアアアアアッ！」

雄々しい咆哮が大気を震わせる。

そして。

強欲竜は一直線に、ゾグラルへと向かっていった。

大きく開かれた口の中へと突っ込んでいき――

巨大な、黄金色の閃光が弾けた。

やがて光が過ぎ去った後――

ゾグラルの姿は消え去っていた。

いや、違う。

先ほどまでに比較すると、十分の一ほどのサイズにまで縮小していた。

口の部分は塞がり、形としては滑らかな球体となっている。

第一形態の縮小版、といったところか。

そしてゾグラルの周囲を囲むようにして、黄金色に輝く光の結界が張り巡らされていた。

いったい何が起こっているのだろう。

ほどなくして脳内に声が響いた。


割り込みプロセス『強欲竜』の離脱を確認。

【フルアシスト】のセーフモードを解除するために再起動します。


フッ、と。

頭の奥で何かが切り替わるような感覚があった。

ほどなくして、無機質だがどこか感情の感じられる声が脳裏に響く。

【フルアシスト】が完全起動状態となりました。

ご無沙汰しております。

その声を最後に聞いたのは、マホロス島の事件以来だろうか。

懐かしさを覚えていると、さらに【フルアシスト】が続けた。

強欲竜の活動の妨げになる可能性があるため、セーフモードを延長しておりました。

状況の説明が必要でしょうか。

ああ、頼む。

俺が小さく頷くと、さらに声が聞こえてくる。

強欲竜はコウ・コウサカの内部で眠りに就きながら【覚醒】を繰り返し、ゾグラルを抑え込むための力を蓄えていました。

現在、それによってゾグラルの活動を一時的に阻害しているようです。

分かった。
ところで、ひとつ確認させてくれ。

なんでしょうか。

強欲竜はどうなったんだ？
ゾグラルの中に飛び込んでいったのが見えたが、やっぱり、吸収されたのか。

現在、ゾグラルの内部からは強欲竜の存在が感知されます。
何らかの力によって吸収を阻止しつつ、ゾグラルの活動を阻害していると推定されます。

つまり、生きているってことか。
だったら、ゾグラルに吸収されてしまう前に助け出したいところだ。
今回は危ないところを救われたわけだし、命の恩は命で返すべきだろう。

承知しました。
ただ、あの黄金色の結界が消えるまではこちらからの干渉も不可能です。
焦らず、三日間は準備に費やすべきでしょう。

分かっているさ。
せっかく強欲竜が作ってくれた時間を無駄にするつもりはない。
そういえば、ゾグラルをなんとかする鍵が俺の記憶にある、って言ってたな。
あれはどういうことなんだ？
振り返ってみても、俺の記憶に欠けはない……はずだ。
もしよろしければ、コウ・コウサカの記憶領域の精査を行いましょうか。
無意識下で封印されている情報があるかもしれません。

ああ、そうだな。
よろしく頼む。

ではこれより解析プロセスに入ります。
終了しましたら、お声掛けさせていただきます。

そうして【フルアシスト】との脳内での会話を終えた直後、アイリスがこちらにやってくる。
「コウ、無事でよかったわ。……何があったの？」

「一言で説明するのは難しいな」

アイリスに引き続いて、リリィとレティシアもこちらに近づきつつあった。

地上に戻って、事情を説明したほうがよさそうだ。

第二話 【フルアシスト】を紹介してみた。

俺はアイリスたちを連れて、ひとまず迎賓館の庭園へと降り立った。

さて、何から話したものかな。

俺が考え込んでいると、レティシアが小さく手を挙げた。

「コウ様。もし説明の順序に困っているようでしたら、まずはわたくしから質問させてもらってもよろしくて？」

「そうだな。そっちのほうが話しやすいかもしれない。何でも訊《き》いてくれ」

「ありがとうございます。ではひとつお伺いさせてくださいませ」

そう言ってレティシアはさらに言葉を続ける。

「先ほどの戦いですけれど、最後に一匹の竜がゾグラルに向かっていくのが見えましたわ。あの竜は、もしかして、わたくしの――」

「ああ」

俺はレティシアの言葉に頷《うなず》く。

「レティシアの弟――強欲竜だ」

「ちょっと待って」

アイリスが疑問の表情を浮かべながら声をあげる。

「コウと強欲竜は別々の存在ってこと？」

「そのとおりだ」

俺は頷くと、前回、魔神竜との戦いの最中に起こった出来事について三人に説明する。

自分の中に眠っていた強欲竜の意識に触れたこと、絶体絶命の危機に陥ったとき、【創造】によって強欲竜と一体化することでその場を乗り切ったこと――。

「だから、俺自身はレティシアの弟じゃないんだ。……今まで勘違いさせて、すまない」

「いえ、謝るべきはわたくしのほうですわ。コウ様のことを弟と決めつけてしまって、窮屈な思いをさせてしまったかもしれません」

「そんなことはないさ。正直、レティシアみたいに明るい姉がいたら楽しいだろうしな」

「ありがとうございます。そう仰《おっしゃ》っていただけるのは光栄ですわ」

レティシアはふっと小さく笑みを浮かべる。

ただ、その表情はどこか硬い。

きっと、弟である強欲竜がどうなったか不安で仕方ないのだろう。

「コウ様。もう一つ教えてくださいませ」

「ああ」

「なぜ、強欲竜はコウ様から分離しましたの？　……そして、どうなりましたの。どんな答えであろうと、受け入れるつもりです。正直に教えてくださいませ」

そう告げるレティシアの顔つきは真剣そのもので、俺のことをまっすぐに見据えていた。

この状況で気休めを告げるのは彼女に対する侮辱だろう。

「強欲竜が俺から分離したのは、ゾグラルを足止めするためだ」

俺はそう言って、夜空を指さす。

雲よりも高い場所で、ゾグラルを包む黄金色の結界がうっすらと輝きを放っている。

【フルアシスト】によると、強欲竜はゾグラルの内部にいるが、まだ吸収されてはいないらしい。

「つまり、あの子は自分の身を犠牲にして時間を稼いでいるわけですのね」

レティシアは上空の結界に視線を向けながら言った。

「今のわたくしたちではゾグラルをどうすることもできませんし、あの子が稼いでくれた時間を使って、ゾグラルを倒す方法を探すべきですわね」

レティシアは自分に言い聞かせるように呟《つぶや》く。

いや、実際、言い聞かせているのだろう。

ゾグラルの内部には生き別れの弟がいて、いつ吸収されてしまうか分からない状況だ。

姉としてはすぐにでも助けに行きたいところだろう。

だが、必死に堪《こら》えて、冷静さを保とうとしている。

「レティシアは強いな」

俺は思わず呟いていた。

「でも、あまり無理はするなよ。俺たちは仲間なんだ。弟さんのことも心配だろうし、辛《つら》いときは遠慮なく吐き出してくれ」

「ええ、そのときは頼りにさせてもらいますわ」

レティシアはそう答えると、視線を俺のほうに向けた。

「それで、ゾグラルを倒す方法にアテはありますの？」

「ある。強欲竜の話だと、【創造】と俺の記憶に鍵があるらしい」

俺がそう答えた矢先──

リリィが小さく手を挙げた。

「お話の途中に、ごめんなさい。……戦神様が話したいことがあるそうです。すぐに地下に来てもらうことって、できますか」

「俺は大丈夫だ。アイリスとレティシアはどうだ」

「あたしは構わないわ」

「わたくしも問題ありませんわ」

どうやら二人とも異論はないらしい。

「ありがとうございます」

俺たちの答えを聞いて、リリィはぺこりと頭を下げた。

「時間を節約したいですし、戦神様から受け継いだ力で地下に転移します。そばに来てもらっていいですか」

俺たちは頷くと、リリィのほうへと近づく。

直後、リリィの全身が銀色の光に包まれ、背中から純白の翼が現れた。

それは彼女が戦神から力を受け継いだ証《あかし》でもある。

リリィは翼を大きく広げると、その内側に俺、アイリス、レティシアの三人を包み込む。

「準備、完了です。えいっ！」

可愛《かわい》らしい掛け声とともに、視界が真っ白に染まった。

数秒の浮遊感のあと、俺たちは薄暗い地下通路にワープしていた。

「転移、成功しました」

リリィはふう、と一息つきながら呟いた。

ほどなくして俺たちを包んでいた純白の翼は、すうっと空気に溶けるように消えていった。


王都の地下には数日前にも一度、オクト王に案内されて来ている。

そもそも直線の一本道なので、途中で迷うこともなかった。

地下通路をしばらく歩くと、やがて広大な空洞に辿《たど》り着いた。

「【転移者】、よくぞ戻った」

荘厳《そうごん》で低い声が響き渡る。

その言葉は、空洞の奥に設けられた巨大な玉座に鎮座する巨人……戦神ウォーデンから発されたものだ。

「我は、ここから汝《なんじ》らの戦いを見ておった。……このようにな」

直後、俺たちの頭上を覆うようにオーロラが現れ、そこに映像が映し出された。

映像は、先ほどの戦いを映したものだった。

「ゾグラルを相手に生き残ったこと、まさに奇跡と言えよう。……【転移者】、いや、コウ・コウサカ。汝はまさに規格外の存在だな」

「ですが、勝てませんでした。俺が生きているのは、強欲竜のおかげです」

俺はそう答えながら、知らず知らずのうちに右手の拳を強く握っていた。

胸のあたりが締めつけられるように苦しい。

この感情は、いったい何だろう。

「コウよ」

先ほどよりも少し優しげな口調で戦神が告げる。

「汝は悔しさを持て余しておるのだな」

そうか。

俺はいま、悔しい、と感じているのか。

確かにそうだ。

全力を尽くしてなおゾグラルに届かず、強欲竜に犠牲を強いてしまったことが、とてつもなく、悔しい。

もっといい方法があったんじゃないか。

できることがあったんじゃないか。

そんな気持ちが胸の奥からとめどなく溢《あふ》れてくる。

先ほどよりもさらに強く、強く、右手の拳を握りしめていた。

爪が手のひらに食い込む。

痛みはあるが、無力な自分への罰としてはあまりにも軽すぎるように感じていた。

「コウ、あまり自分を責めないで」

アイリスはそう言いながら、両手で、俺の右手をそっと包んだ。

「あなたは全力を尽くした。それは横で見ていたあたしが保証するわ。……むしろ、あたしこそ、あまり力になれなくてごめんなさい」

「わたしも、まだまだ戦神様の力を使いこなせていませんでした」

リリィが申し訳なさそうに呟く。

「だから、コウさんだけのせいじゃ、ないです」

「わたくしたちは仲間なのですから、責任は一緒に背負わせてくださいまし」

レティシアがそっと微笑《ほほえ》みかけてくる。

「コウ様が悔しい気持ちも理解できます。……わたくしにもっと力があれば、別の結末があったかもしれない。そう思わずにはいられませんもの」

「本当に、そのとおりだよな」

俺はレティシアの言葉に頷く。

「でも、時間は巻き戻せない。起こってしまったことは変えられない。……過去は過去として受け入れて、次に生かす。俺たちにできるのはそれだけなんだよな」

以前にも言ったが、俺は日本にいたころ、炎上案件の『火消し《レスキュー》』を中心にやっていた。

火消しで重要なのは、その時点までに起こったミスを冷静に分析して、対策の手を打っていくことだ。

顧客の機嫌を損ねたなら謝罪に向かい、スケジュールが破綻《はたん》しているなら立て直す。

絶望的な状況に見えても、ひとつひとつの小さな問題を解決していけば、いずれは希望が見つかるものだ。

今日までの戦いだって、決して楽なものばかりじゃなかった。

ブラックスパイダー、黒竜、暴食竜、魔神竜――。

命の危機を感じたことは一度や二度じゃない。

何度となく追いつめられながらも、諦めずに足掻《あが》いて、最後には逆転してきたじゃないか。

俺は大きく息を吸って、吐く。

それだけで簡単に気持ちが切り替えられるわけじゃないが、胸のモヤモヤは少しだけ晴れていた。

「アイリス、リリィ、レティシア。ありがとうな。……ちょっと、気が楽になったよ」

「それならよかったわ」

アイリスはふっと笑いながら、両手を俺の右手からゆっくりと離す。

俺は右手から力を抜いて指を開いた。

手のひらには血が滲《にじ》んでいた。

どうやら拳を強く握り込むあまり、自分の爪でケガをしてしまったらしい。

我ながらとんでもない力を込めていたようだ。

「コウ。手、だいじょうぶ？」

「これくらいは大したことないさ」

俺はそう答えて【アイテムボックス】からヒールポーションを取り出すと、右手にサッと振りかけた。

傷口がみるみるうちに塞《ふさ》がっていく。

「ものすごい効き目であるな」

そう声をあげたのは戦神だった。

「汝の生み出すアイテムの数々は、この世界の条理を超えた規格外のものばかりだ。やはりゾグラルを倒せるとしたら【創造】を持つ汝しかおるまい。そろそろ、時間か」

時間とはいったい何のことだろうか。

俺が疑問に思っているうちに、予想外のことが起こった。

戦神の身体が手先や足先からほどけて銀色の粒子に変わり、崩壊を始めていた。

驚いて息を呑《の》む俺の横で、リリィが声をあげた。

「戦神様!?」

「巫女《みこ》よ、落ち着くがいい」

身体が崩壊しているにもかかわらず、戦神はいたって冷静だった。

「もともと我の寿命は尽きつつあった。それでも生き永らえていたのは、いずれ訪れる者に力を継承させるためである。その役割は汝に果たした。であれば、我はただ消え去るのみだ」

「そんな……」

リリィが悲嘆の声を漏らす。

「悲しむことはない。これは自然の摂理なのだ」

それから戦神は視線を俺のほうに向けた。

「コウよ。我の命はここまでだが、汝を一人で戦わせるつもりはない。……最期に、我の加護を宿した宝玉を遺《のこ》していく。それを【創造】の素材に使うがいい」

「分かった」

俺が頷くと、戦神も安心したようにフッと口元を緩めた。

「ならばよい。それから、我が末裔《まつえい》たるオクトには『今日までよく我の眠る地下を守り抜いてくれた。感謝する』と伝えておいてくれ。では、さらばだ」

そして――

戦神の身体は完全に消え去った。

いや。

戦神のいた場所には、ひとつだけ、銀色の宝玉が残っていた。

俺は【鑑定】を発動させる。

戦神の宝玉：戦神の加護を宿した宝玉。強い神気が含まれている。

俺はそれを手に取ると【アイテムボックス】に収納した。

リリィのほうを振り返る。

その顔には目の前で起こった出来事への衝撃がありありと表れていたが、やがて小さく首を振ると、スッと表情を引き締めた。

「コウさん、地上に戻りましょう」

「大丈夫か？」

「はい。こういう日が来ることは、力を継承したときに、戦神様から伝えられていましたから」

「分かった。でも、あまり無理はするなよ」

「ありがとうございます。辛いときは、頼らせてください」

「もちろんだ。俺のほうがずっと年上だからな。そこは遠慮しないでくれ」

「はい。そう言ってもらえると、すごく、気が楽になります」

リリィは頷くと、フッと安心したように笑みを浮かべた。

その後――

来たときと同じようにリリィに力を使ってもらい、俺たちは地上に転移した。

転移先は、迎賓館の庭園だ。

頭上に視線を向ければ、黄金色の結界がキラキラとした光を放ち、その中にゾグラルが封じ込められている。

「結界がもつのは三日だったわよね」

アイリスが言う。

「強欲竜が足止めしてくれているあいだに、ゾグラルを倒す方法を見つけないと」

「鍵は【創造】とコウ様の記憶、でしたわよね」

「ああ」

俺はレティシアの言葉に頷いた。

「記憶については【フルアシスト】が調べてくれている。さしあたっては【創造】だな」

「だったら、コウにはひたすら【創造】をやってもらうとして、素材を集めてくるのがあたしたちの仕事かしら」

「幸い、ここは王都ですし、物はたくさんあるはずですわ。オクト王にも協力を要請すべきかもしれませんわね」

「そうですね」

リリィが頷く。

「それに、オクト王には戦神様からの言葉を伝えたいです」

「じゃあ、まずはオクト王に謁見《えっけん》しないとな」

とはいえゾグラルの出現で王都は混乱しているだろうし、会うのは難しいかもしれない。

そう思いながら迎賓館に戻ると、男性のスタッフが声をかけてくる。

「コウ様。オクト王がいらしております。よろしければ談話室にお越しくださいませ」

「国王が来ているのか？」

「はい。五分ほど前からお越しになっています」

「分かった、すぐに行く。案内してくれ」

男性スタッフに連れられて談話室に向かうと、そこにはオクト王の姿があった。

ソファに悠々と腰掛けてコーヒーを飲んでいたが、俺たちの姿を見ると、立ち上がってこちらにやってくる。

「コウ殿、無事でなによりだ。……戦神様が亡くなったようだな」

ご存じなんですか。

俺はそう言いかけて、以前、もっと気楽に話せ、と言われたことを思い出す。

だったら、こう答えるほうが適切だろう。

「ああ。どうして知っているんだ」

「それはもちろん余が【戦神の末裔】だからだ。スキルの効果で、戦神様がどうなっているのかはすぐに分かる。最期にお会いできなかったのは無念だが、国を放り出してまで自分のところに駆けつけることを戦神様は良しとしないだろう。戦神様は、何か言っておらんかったか」

「伝言なら、リリィが預かっている……そうだよな？」

「はい」

俺の言葉にリリィは頷いた。

「『今日までよく我の眠る地下を守り抜いてくれた。感謝する』と言っていました」

「……そうか」

オクト王は口元をフッと緩めて呟いた。

「その言葉だけで余と余の一族の苦労も報われるというものだ。しばらく黙祷《もくとう》をさせてもらっても構わんだろうか」

「ああ。俺も一緒に祈っていいか」

「もちろんだとも。共に戦神様を偲《しの》ぶとしよう」

というわけで、俺とオクト王、さらにはアイリス、リリィ、レティシアの三人を含めた全員で、一分ほどの黙祷を行うことになった。

静かな時間が流れる。

そのあと、俺たちはソファに腰掛けて話を始めた。

「まずは余のほうから王都の状況を説明しておこう」

先に口を開いたのはオクト王だった。

やはりというかなんというか、ゾグラルの出現によって王都の人々のあいだには動揺が広がり、

パニックが起こりそうになったらしい。

だが《カリスマA＋》を持つオクト王自らが人々の前に姿を現し、事態の収拾に努めたことで、ひとまずの落ち着きを取り戻したようだ。

「今は王都のあちこちに【鎮静】持ちの騎士たちを派遣し、新たな混乱が起こらんように努めておる。ただ、スキルで抑え込むにも限界がある。何が起こっているのか教えてはもらえんだろうか」

なるほどな。

「もちろんだ」

俺はオクト王の言葉に頷くと、ここまでに起こった出来事の説明を行った。

強欲竜の存在については驚いていたようだが、以前、レティシアが災厄の生まれ変わりということを伝えていたおかげで、すんなりと理解してくれた。

「なるほど、コウ殿はその身に大災厄を宿していたわけか。それが今は分離して、ゾグラルを足止めしている、と」

「ああ。猶予は三日だ。そのあいだに討伐の準備を整える必要がある」

「三日か。長いようで短いな」

オクト王は目を細めて頷く。

「して、準備とは何をするのだ。……余もコウ殿の戦いを見ておったが、ゾグラルを倒す方法など、てんで思いつかん」

「強欲竜の話だと、鍵は俺の記憶と【創造】らしい」

「コウ殿の記憶？　【創造】が鍵なのは理解できるが、記憶とはどういうことだ」

オクト王がそう呟いた直後だった。

脳内に、【フルアシスト】の声が響いた。


コウ・コウサカの記憶領域の精査が終了しました。

記憶領域の深層に高度な封印がなされており、解除は極めて困難です。


なんだって？

【フルアシスト】でも無理なのか。


はい。

ただし黄昏《たそがれ》の巻物を用いた特殊な儀式を行うことで、解除できるかもしれません。


黄昏の巻物というのは、以前、ミリアから渡されたアイテムのひとつだ。

精霊、創造神、竜神、戦神、そして災厄。

五つの力を一つに束ねることで奇跡を起こす。

マホロス山の噴火を収めるために使った結果、【創造】の力がブーストされ火山を鉱山へと変貌させている。

儀式の内容について、高速インストールを行っても構いませんか。

所要時間は三秒です。


意外に短いな。

もちろんだ、すぐにやってくれ。


承知しました。

では、高速インストールを実行します。


直後、頭の奥に何かが流れ込むような感覚があった。

なるほど。

マホロス島のときと同じように、俺、アイリス、リリィ、レティシアの力を一つに束ねることで封印を解除する、というもののようだ。

ただし儀式の実行には、外部から力の制御を行う者が百人以上は必要になるらしい。

そして制御は繊細なものであり、失敗は許されない。

なかなか難しいな。

今から新たに百人以上の人間を集めて、誰もやったことのないような儀式を限られた時間の中で行う、というのは困難だろう。

それについては、解決策があります。

【フルアシスト】の声が告げる。

人族ではありませんが、百匹以上の、統一された意思を持つ存在といえば——

あっ。

俺も分かったぞ。

おせわスライムか！

はい。彼らは儀式の遂行に最適の存在と考えられます。

確かにな。

俺はうんうん、とひとり頷いた。

そうしていると、向かいのソファに座っていたオクト王が訝《いぶか》しげに訊《たず》ねてくる。

「コウ殿、急に黙り込んでしまったようだが、どうしたのだ」

「ちょっと重要なことが分かったんだ。オクト王だけじゃない。皆も聞いてくれ」

俺はそう言って、この場にいる全員に対し、俺の記憶に封印がなされていること、そして、それを解除するための儀式が存在することを告げた。

「なるほどね」

最初に口を開いたのはアイリスだった。

「コウの封印された記憶の中にゾグラルを倒すヒントがあるかもしれない、ってことかしら」

「可能性は、あると思います」

リリィが頷きながら言う。

「でも、誰がコウさんの記憶を封印したのでしょうか」

「そのあたりも封印を解けば分かる、と思いますわ」

レティシアはそう言うと、俺に視線を向けた。

「ところでコウ様自身には、記憶が欠けているという自覚がありますの？」

「いや、ないな。だからこそ不思議なんだ」

俺の正体が強欲竜だった、という真相なら、封印されているのは前世の記憶になるのだろうが、俺と強欲竜は別々の存在なわけだし、その可能性はゼロだろう。

となると、封印を解いてみないことには分からないな。

「ともあれ」

と、オクト王が言った。

「コウ殿らはこれより儀式を行ってゾグラルを倒す方法を探す、ということか」

「ああ。時間は限られているし、すぐに準備に取りかかろうと思う」

「場所はどうするのだ。必要ならば、遠慮なく言ってほしい」

「そうだな……」

俺はこの後の動きについて考える。

儀式のためには大勢のおせわスライムが必要だが、彼らはオーネン近くの地下都市から出ることはできない。

ただし、俺の持つ空飛ぶ船——ブラズニルは付与効果として《おせわスライム召喚ＥＸ》を持っているため、例外的におせわスライムを乗せることができる。

そのあたりを考えると、ブラズニルの中で儀式を行うべきだろう。

となると、必要なのはブラズニルを出現させられるだけのスペースだ。

全長は百メートルを超えているので、それなりの場所が必要だろう。

そのことをオクト王に相談すると「ならば、王都の中央広場を使うがいい」という答えが返ってきた。

「あの場所ならばブラズニルを出すのも容易であろう」

「じゃあ、場所を貸してもらっていいか」

「もちろんだとも」

オクト王は快く頷いた。

「現状、ゾグラルをなんとかできるのはコウ殿たちだけなのだ。であれば、この国の王として協力は惜しまん。他に必要なことがあれば何でも言ってくれ」

「分かった。広場はいつから使える」

「必要ならばすぐに空けさせよう。余が《カリスマA＋》を使えばそれくらいは簡単だからな。儀式の時間が決まったら迎賓館の者に伝えるといい」

そうして会話が終わったところで、オクト王は迎賓館を去っていった。

ゾグラルについての情報を他の家臣と共有し、王都の人々がパニックに陥らないように手を打つらしい。

談話室には俺、アイリス、リリィ、そしてレティシアの四人が残り、今後の動きについて話し合うことになった。

「ひとまずは儀式の準備よね。何が必要かしら」

「物としてはブラズニルと黄昏の巻物があればいいから、そっちは問題ないな」

俺はアイリスの言葉に答えて告げる。

「儀式の遂行役としてのおせわスライムも《おせわスライム召喚ＥＸ》で呼べばいい。……そういえば、スララはどこにいったんだ？」

「今日は早くに部屋で寝ていました」

答えたのはリリィだ。

「まさか、部屋でまだ寝ているとか」

「スララ様なら、ありえますわね」

クスッと笑いながらレティシアが呟いた。

「とりあえず探してみるか」

俺は【オートマッピング】を起動させた。

目の前に青白いウィンドウが浮かび、周辺の地図が表示される。

「スララの居場所を教えてくれ」

そう告げると、すぐに画面に赤色の光点が表示された。

それによれば、スララは迎賓館の屋上にいるらしい。

いったい何をしているのだろう。

「ゾグラルを見張っているのかもしれないわね」

「ありうるな」

俺はアイリスの言葉に頷くとソファから立ち上がった。

「ちょっと迎えに行ってくる。皆はここで待っていてくれ」

「あっ、コウさん」

リリィがソファから腰を上げながら言った。

「わたしも、ついていっていいですか」

「別に構わない。アイリスとレティシアはどうする？」

「あたしはここで待っていようかしら」

「そうですわね。せっかくですしアイリス様と二人でお話でもしていますわ」

「分かった。じゃあ、行ってくる」

というわけで俺はリリィを連れて談話室を出る。

「ふぁ……」

ん？

振り返ると、リリィが口元に手を当てていた。

どうやら、あくびをしていたようだ。

「あっ、ごめんなさい」

「いや、構わないさ。というか、眠いなら先に寝ても構わないぞ」

「まだ大丈夫です。とりあえず、儀式の見通しが立つまでは頑張ろうと思います」

「分かった。けど、本当にキツくなったら言ってくれ」

「はい。お気遣い、ありがとうございます」

リリィはぺこりと小さく頭を下げた。

「コウさんは優しいですね」

「これくらい、大人なら当然だよ。リリィも大人になったら、年下には優しくしてやってくれ」

俺はそう言いながら、今後のことを考える。

ゾグラルに負けてしまったら、この世界は消滅してしまうし、リリィだって生きてはいない。

人々の未来を守るため、なんて大層なことは言えないし、そんなものを背負うのはさすがに無理だが、せめて目の前にいる仲間の少女の未来くらいは守りたいと思う。

「絶対に、ゾグラルを倒さないとな」

俺は小声で呟くと、屋上に向かって歩き始めた。

その横に並ぶようにしてリリィもついてくる。

「コウさん。さっきの戦いのこと、訊いてもいいですか」

「ああ、もちろんだ。何か気になることでもあるのか」

「その」

リリィは何かを言おうとして、しかし、そこで口を閉じてしまう。

どうやら自分の中でうまく言葉にできずに考え込んでいるらしい。

あえて急《せ》かすこともないだろう。

人には人のペースがある。

しばらく二人で無言のまま歩いていると、リリィが続きを口にした。

「ゾグラルと戦っていたとき、コウさんは怖くなかったですか」

「あんまりそういう感覚はなかったな」

それは強がりなどではなく、俺の正直な感想だ。

「というか、あのときはゾグラルと戦うことで精いっぱいだったし、怖いとか恐ろしいとか、そんなことを考える余裕もなかったよ。リリィはどうだ？」

「わたしも、同じです。でも……」

「どうした？」

「最後にゾグラルがコウさんを呑み込もうとしたとき、息が詰まりそうになりました。……もしかしたらコウさんが死んでしまうかもしれない。そう思ったら、すごく怖くて」

リリィはぶるり、と身を震わせた。

「リリィは優しいな。俺よりもずっと」

俺はそう言ってリリィの頭をポン、と撫《な》でた。

「そう、でしょうか」

「ああ。そんなふうに心配してくれるのは優しい証拠だ。ありがとうな」

「コウさんは、大切な仲間ですから。だから、コウさんこそ、どうか無理をしないでください」

「分かってるさ。それにしても、リリィも変わったな」

「そうですか？」

「ああ。昔は使命のためなら死んでも構わない、って思い詰めてばかりだったじゃないか。それに比べると、雰囲気が明るくなったよ」

「それはたぶん、コウさんや皆さんのおかげです。……【戦神の巫女】のことだけ考えて生きてきたわたしに、世の中にはたくさん楽しいことがあるって教えてくれましたから」

「だったら、なおさら、ゾグラルに勝たないとな」

「はい。フォートポートのカジノも、行ってみたいです」

「ああ、そうだな」

俺たちが旅の途中で立ち寄ったフォートポートには大きなカジノがある。

ただ、カジノといっても実際には大規模なアミューズメントパークのようなもので、巨大な迷路や賞金付きのアスレチック、リアル脱出ゲームのようなアトラクションなどが設置されているようだ。

俺自身も気にはなっていたが、タイミングが合わなくて遊びに行けなかったんだよな。

「じゃあ、ゾグラルとの戦いが終わったらフォートポートのカジノにも行くか。約束だ」

「はい。楽しみです」

リリィは口元を綻《ほころ》ばせながら頷いた。

俺はふと思いついたことがあって、その場で立ち止まる。

すると、リリィも立ち止まってこちらを振り向いた。

「コウさん、どうしたんですか？」

「俺が異世界から来た、って話、前にしたよな」

「はい。ニホンという国に住んでいた、と聞きました」

「ああ。そこのおまじないで、こういうのがあるんだ」

俺はそう言って、右手の小指を立てて差し出す。

「リリィも同じようにしてもらっていいか？」

「こうですか？」

リリィはややぎこちない動きで、右手の小指をこちらに向ける。

「ああ。じゃあ、いくぞ」

俺は自分の小指をリリィの小指に引っかけてから言葉を続けた。

「ゆびきりげんまん、ウソついたら針千本飲ます……指切った」

「今のがおまじないですか」

「ああ。もしもフォートポートのカジノに行かなかったら、罰として俺が針を千本飲まされる、って意味だ」

「すごい約束ですね……」

リリィは目を丸くして呟いた。

「コウさんの故郷って、もしかして、すごく物騒なところですか」

「いや、むしろ平和だよ。前も話したけど、魔物もいないしな」

「不思議な場所なんですね。……そっちも、行ってみたいです」

「まあ、機会があればな」

そもそも俺のいた世界に戻る方法があるのかどうかも不確定だしな。

さすがにこれについては指切りはできない。

「さて、それじゃあ、あらためてスララを迎えに行くか」

俺はそう言いながら再び【オートマッピング】を起動させる。

検索してみたところ、スララは屋上から動いていないようだ。

いったい何をしているんだろうな。

まあ、行けば分かるか。

俺はリリィを連れ、迎賓館の階段を上っていく。

二階、三階、四階――。

最後に、屋上に繋《つな》がるドアを開けた。

屋上はそれなりに広く、サッカーの試合ができそうなほどの面積がある。

その中央に、スララの姿があった。

「スララ？」

遠くから声をかけてみるが、返事はない。

ボンヤリと空を――黄金色の結界に包まれたゾグラルを見上げている。

「スララさん、どうしたんでしょうか」

リリィが不思議そうに呟く。

「なんだか、普段と雰囲気が違います」

「とにかく近くに行ってみるか」

俺とリリィはやや早足でスララのところに向かう。

「スララ、大丈夫か？」

近くで話しかけても、やっぱり反応はなかった。

スララは虚《うつ》ろな表情のまま、視線をゾグラルに向けている。

まさに心ここにあらず、というか、魂だけゾグラルに吸われてしまったかのような雰囲気を漂わせていた。

なんだか不安になってきたぞ。

俺はその場に膝をつくと、右手を伸ばしてスララの頭に触れた。

そして、まるい身体をゆすりながら、再び声をかける。

「スララ？　何か言ってくれ、スララ」

「ふぇっ!?」

おっ。

反応があったぞ。

俺は右手をスララの身体から離す。

スララはハッとした表情を浮かべると、こちらに視線を向けた。

「あれ、マスターさん、リリィおねえちゃん。どうしたの？」

「スララが屋上にいるみたいだから迎えに来たんだ。こんなところで何をしているんだ」

「えっとね、うんとね」

スララはそんなことを呟きながら、身体をふにふにと左右に揺らす。

「ぼく、どうしてここにいるのかな」

「分からないのか？」

「うん。おへやで寝ていたんだけど……」

スララは心底不思議そうな表情を浮かべている。

ウソを言ってごまかしている、という雰囲気ではなさそうだ。

詳しく話を聞いてみると、スララは夕食を済ませてすぐにリリィの部屋で眠りこけてしまったそうだ。

それ以降の記憶はまったくないらしい。

すでにゾグラルが出現したことを伝えると、スララは驚愕《きょうがく》の表情を浮かべて叫んだ。

「えええええええええっ！　じゃあ、あのお空の丸いのがゾグラルなの!?」

「ああ。今は強欲竜が足止めをしてくれている」

「あわわわわわわ……！　そんな大変なときに、ぼく、ぐっすり寝ちゃってたんだね。ごめんね、ごめんね」

「別に構わないさ。そうだよな、リリィ」

「はい。スララさんが無事でなによりです。……でも、どうして屋上に来ていたんでしょうか」

やっぱり、そこが気になるよな。

【フルアシスト】の意見はどうだろうか。


現在、解析中です。

結論が出ましたら、通知します。


どうやらすでに調べ始めていたらしい。

さすが【フルアシスト】、有能だな。

ありがとうございます。

ひとまず、儀式への協力を要請してはいかがでしょうか。

確かにそのとおりだな。

俺はひとり頷くと、スララに声をかけた。

「スララ。実は力を貸してほしいことがあるんだ」

「うん、いいよ。おねぼうしていたぶん、二倍、三倍、四百倍でがんばるよ！」

二倍、三倍、四倍じゃないのか。

やたらインフレしているが、それだけやる気があるのだろう。

俺は自分の記憶に封印されている部分があるらしいこと、それを解除するためには儀式を行う必要があることをスララに伝えた。

スララの反応は、というと――

「えっ!?　マスターさん、記憶が欠けてるの？」

「どうやらそうらしい。……自覚はないんだけどな」

「不思議だね……。とにかく、分かったよ。ぼくに儀式のことを教えてくれたら、ほかのみんなにも伝えるね」

「スララさん、そんなことができるんですか？」

リリィの問いかけに、スララはちょっと誇らしげな様子で答える。

「うん！　ぼくたちおせわスライムは、眠っているあいだに夢の中でお話ができるんだよ！」

そういえば以前に【フルアシスト】が教えてくれたな。

おせわスライムは意識の深い部分でひとつに繋がっていて、睡眠時にお互いに情報を共有できる、とかなんとか。

つまり、儀式の手順をスララに教えれば、他のおせわスライムにも伝わる、ってことだな。

そんなことを考えていると、再び、頭の中に【フルアシスト】の声が響いた。


儀式の手順について、個体名『スララ』に高速インストールを行います。

右手で対象に触れてください。


分かった。

俺は再び、右手を伸ばしてスララに触れる。

「わーい！　マスターさんが頭をなでてくれたよ！　どうしたの？」

「儀式の手順を伝えようと思うんだが、構わないか」

「うん！　がんばって覚えるよ！」

「分かった。いくぞ」

高速インストールを開始します。

完了しました。


それは一瞬のことだった。

まさに高速だな。

「わわわわわっ、頭の中になんだかいっぱい入ってきたよ！」

いきなりのことにスラも驚いているらしく、眼をグルグルと回している。

「コウさん。いま、何をしたんですか？」

リリィが俺に訊ねてくる。

「スキルの力で儀式についての情報を教えたんだ」

「すごいスキルですね……」

「ああ。俺の自慢のスキルだよ」

俺はフッと笑いながら答える。

【フルアシスト】が褒められるのはなんだか気分がいいな。

「今のコウさん、まるで知り合いを自慢しているみたいな雰囲気でした」

「確かにそうかもな」

初期のころは本当にただの機械音のようだった【フルアシスト】も、今ではすっかり人間じみた雰囲気になっている。

俺自身も【フルアシスト】のことは相棒のように感じている。

談話室に戻ったら、一度、皆に紹介（？）したほうがよさそうだ。

……などと考えていると、スララが声をあげた。

「マスターさん、儀式のこと、分かったよ。これをみんなに伝えればいいんだね」

「ああ。できそうか？」

「うん、まかせて！」

スララはそう言って、元気よくその場で飛び跳ねた。

「今から寝れば、夢の中でみんなに儀式のことを伝えて、段取りもできると思うよ！　……アイリスおねえさんとレティシアおねえさんは起きてるかな？　起きてたら、おやすみの挨拶をしたいよ」

「そうだな。二人ともスララのことを心配しているだろうし、顔を出したほうがよさそうだな」

というわけで、俺たちは屋上を後にして、ひとまず談話室へと戻ることにした。


談話室に戻ってみると、アイリスとレティシアが楽しそうに話をしていた。

「今、コウ様とアイリス様が出会ったばかりのころのことを聞いていましたの。コウ様は冒険者として駆け出しのころから規格外でしたのね」

「あれからまだ半年も経《た》ってないなんて、正直、驚きだわ。……あたしたち、ずいぶん遠くに来たわよね」

「そうだな」

オーネンから王都までは海を挟んでかなりの距離があるし、それに、まさか世界の命運を懸けた戦いの当事者になるなんて予想もしていなかった。

一年前の俺に現状を伝えても、きっと信じやしないだろうな。

俺が肩をすくめていると、スララがピョンとアイリスとレティシアの前に出ていった。

「アイリスおねえさん、レティシアおねえさん。心配かけてごめんね」

「スララちゃん、無事だったのね。安心したわ」

「やっぱりスララ様がいらっしゃると、空気が和みますわね」

レティシアはそう言うとソファに座ったまま右手を伸ばし、スララの頭を撫でた。

「えへへ、なでてもらったよ！　わーい！」

スララは嬉《うれ》しそうに身を震わせる。

「ところでコウ様。スララ様は屋上で何をしていらっしゃいましたの？」

「実はよく分からないんだ」

「どういうことでして？」

「ひとまずスキルで解析をしているから結果を待ってくれ」

そう答えたあと、俺は【フルアシスト】について皆に説明しておくことにした。

効果としては自動的に情報の解析などを行ってくれるスキルだが、最近では自我のようなものが芽生えており、姿こそ存在しないものの、心強い相棒と思っている。

そんなことをアイリスたちに伝えた。

「なんだか不思議ね」

俺の話を聞いて、アイリスが言った。

「スキルに自我があるなんて、初めて聞いたわ」

「本当に、なにかと規格外ですわね」

うんうん、と頷きながらレティシアが呟く。

「ともあれ、コウ様をずっと陰で支えていた功労者ということですし、旅の仲間として挨拶は必要ですわね。――わたくしはレティシア・ディ・メテオール。すでにご存じとは思いますが、《赫奕《かくやく》たる傲慢竜《ごうまんりゅう》》の生まれ変わりですわ」

「えっと」

レティシアの様子を見て、リリィがおずおずとした様子で告げる。

「わたしはリリィ・ルナ・ルーナリアです。【戦神の巫女】で、今は、戦神様の力を受け継いでいます」

「ぼくはスララだよ！　マスターさんのおせわスライムで、おともスライムだよ！　よろしくね！」

「これ、あたしも自己紹介をしておく流れかしら」

戸惑いがちにアイリスが言う。

「あたしはアイリスノート・ファフニル。Aランクの冒険者よ」

ええと。

なぜか皆が【フルアシスト】に向かって自己紹介をする流れになってしまった。

返事ってあるのだろうか。


皆さん、丁寧にありがとうございます。

自分は【フルアシスト】です、コウ・コウサカのサポートをしています。

……と、お伝えください。

お手数かとは思いますが、よろしくお願いします。


まさかの展開だが、返事があった。

【フルアシスト】は大切な相棒だし、もちろん、その願いを無視するつもりはない。

一言一句違《たが》わず、アイリスたちに伝えた。

「スキルから返事があるって、なんだか面白いわね」

アイリスがクスッと笑いながら言う。

「それで、スララちゃんが屋上で何をしているかは【フルアシスト】が解析してくれてるのね」

「ああ。結果が出たら皆にも教える。……さて、と」

話が一段落ついたところで、俺は談話室の壁掛け時計に視線を向ける。

時刻はすでに午前一時を回っていた。

ゾグラルとの戦いの後ということもあって、皆、ちょっと眠そうだ。

「スララ。儀式は何時から始められそうだ？」

「今から寝て、皆と相談するから……正午には始められると思うよ」

「だったら、今夜はもう休むか。疲れを残したままじゃ、明日からの準備にも支障が出るしな」

「そうですわね」

レティシアが頷く。

「こういうときこそ、きっちり身体を休めることが大切ですわ」

「コウさん。何時に集合にしますか」

「そうだな……」

リリィの問いかけに、俺はしばらく考え込む。

「今から寝る準備をして……って、考えると、午前十時くらいがよさそうだな。朝食をその時間にして、食堂で集合にするか」

「分かりました。わたしは大丈夫です」

「あたしもオーケーよ」

「わたくしも問題ありませんわ」

「ぼくもだいじょうぶだよ！　その時間なら、みんなとのお話も終わってるはずだよ！」

「じゃあ、明日は午前十時に食堂に集合だな。……いや、待てよ。正午から儀式に取りかかるなら朝食も多めのほうがいいか」

「確かにそうね」

俺の言葉にアイリスが頷く。

「じゃあ、昼食も兼ねる方向にしましょうか」

「つまりブランチですわね」

「ああ」

レティシアの言葉に俺は頷いた。

「迎賓館のスタッフには俺のほうから伝えておく。それじゃあ、今日は解散するか」


というわけで、この日（といってもすでに零時を回っているが）はこれでお開きとなった。

迎賓館には夜勤のスタッフがいるので、そちらに明日の朝食は十時からで昼食を兼ねて多めにするように頼んでおく。

「承知いたしました。ところでコウさま」

夜勤の男性スタッフが恭《うやうや》しい様子で言う。

「オクト王から、儀式の時間が分かったら教えてほしい、との言伝《ことづて》を預かっておりますが、いかがいたしましょうか」

ああ、そうだ。

ブラズニルを出す場所として、王都の広場を空けておいてもらわないといけないんだったな。

「儀式は明日の正午からを考えている。もし問題があったらすぐに教えてくれ。起こしてくれて構わない」

「承知いたしました。そのように伝えさせていただきます」

「ああ、よろしく頼む」

俺はそう告げたあと、ふと疑問に思う。

現在、王都の空にはゾグラルが浮かんでいる。

迎賓館のスタッフもそのことは認識しているはずだろうが、どう思っているのだろうか。

訊ねてみると、こんな答えが返ってきた。

「すでにオクト王からひととおりの説明は受けております。あの黄金色の結界の中には強大な魔物がいて、それを倒せるのはコウさまたちだけだ、と」

どうやらオクト王は、最低限のことは迎賓館のスタッフに伝えてくれているらしい。

「我々迎賓館のスタッフ一同、全力で皆様のサポートをさせていただきます。何かありましたら、お気軽にお申し付けくださいませ」

「王都から逃げようとは思わないのか？」

「私たち迎賓館の人間は、どのようなときであろうと最高のサービスを提供する。それを誇りとしております。たとえ迎賓館が魔物の群れに襲われようとも、最後の一瞬までお客様のために尽くすでしょう」

「立派だな」

「それをおっしゃるならコウさまも同じでしょう。あの球体の魔物から、身を挺《てい》して王都を守ってくださった、とオクト王から伺っております」

男性スタッフはそう言って深く頭を下げた。

「残念ながら私には戦う力はありません。魔物の討伐はコウさまと仲間の皆様に任せきりになってしまいますが、その代わり、全身全霊で尽くさせていただく所存です」

「分かった。あの魔物は必ず倒す。期待していてくれ」

「はい。それではおやすみなさいませ」


そのあと、俺は自分の部屋に戻ると魔導具の目覚ましをセットしてベッドに寝転がった。

シャワーは明日の朝でいいだろう。

目を閉じたところで、脳内に【フルアシスト】の声が聞こえた。


少し、よろしいでしょうか。


もちろんだ。

どうした？


本日は、仲間の皆さんにわたしのことを紹介してくださってありがとうございます。

大切な相棒と言ってくださって、嬉しく感じています。

当然じゃないか。

俺が異世界に来たときからずっと近くで支えてくれていたんだからな。

というか、反応が本当に人間っぽくなってきたよな。

それは自分でも不思議に感じております。

もしかしたら、コウ・コウサカの記憶領域の封印を解けば、理由が分かるかもしれません。

可能性はあるな。

ともあれ、明日に備えて寝るか。

はい。それではおやすみなさい。

ああ、おやすみ。

よい夢を。

第三話 儀式を始めてみた。

翌日、俺は午前九時に目を覚ました。

部屋の窓から空を見上げれば、北の空には黄金色の結界に包まれたゾグラルが依然として存在している。

——いずれ必ず倒してやる。待っていろ。

決意を新たにして、俺は窓から離れる。

シャワーを浴びた後、身支度を済ませて部屋を出る。

一階の食堂に行ってみると、すでにアイリスたちは揃《そろ》っていた。

「おはよう、コウ。ゆっくり休めた？」

「ああ。快調だよ。皆はどうだ？」

「あたしもあの後、コロッと寝ていたわ。かなり疲れていたみたい」

「わたしも、です」

「わたくしは少し眠れなかったので、手持ちのハーブティーを飲んでから寝ましたわ」

「ぼくはぐっすりだったよ！　おせわスライムのみんなにもしっかり儀式のことは伝えたから安心してね！」

スララはそう言うと、少し縦長になって身体を反り返らせた。

人間でいうところの「誇らしげに胸を張る」仕草のようなものだろう。

「ありがとうな。スララ」

俺はそう言ってスララのところに向かうと、頭のあたりをポンポンと撫《な》でる。

「えへへ！　ほめられちゃった！」

こういう無邪気なところを見るとホッとするな。

俺が席に着くと、ほどなくして食事が運ばれてきた。

楕円形《だえんけい》の白い皿の左側にはパンケーキが、右側にはサーモンとアボカドのサラダが盛り付けられている。

左側のパンケーキはなかなか分厚く、中央で二つに切ればサンドイッチ用のパンとして使えそうなほどだ。

生地は見るからにふわっとしており、側面からはホワホワと白い湯気が上がっている。

まさに「できたて」といった印象だ。

サイズもかなりのもので、俺の手のひらを広げたよりも一回り大きい。

右側のサラダには、斜めにカットされたサーモンとアボカドがそれぞれ十枚ずつ添えられている。

……豪勢だな。

日本だと、ここまで気前よく盛り付けている店はそうそうないだろう。

ドレッシング代わりのサワークリームもたっぷりだし、さらには熱々のカボチャのスープまで付いてきた。

「この量なら確かにお昼ご飯はいらなさそうね」

アイリスは納得顔で頷《うなず》きながら、サワークリームを絡めたパンケーキを口へと運ぶ。

「クリームの酸味がいい感じね。パンケーキの甘みとよく合ってるわ」

「アボカドもトロトロで、よく熟《う》れてますわね」

「もぐもぐ。サーモン、ぷりぷりだよ！」

「コウさん、食べないんですか」

向かいに座るリリィが声をかけてくる。

「もしかして、身体の調子が悪いんですか」

「いや、皆の様子を眺めていただけだ。食事ってのは、食べるだけが楽しみじゃないからな」

日本にいたころ、俺はいつも食事は一人で済ませていた。

誰かと店に行くヒマもなかったからな。

朝はヨーグルト飲料、昼は菓子パン、夜はコンビニ弁当……みたいな日々だった。

それに比べれば、今の俺は随分と贅沢《ぜいたく》だ。

メニューの豪華さは言うまでもなく、こんなに大勢で食卓を囲むことができる。

「何を食べるか」よりも「誰と食べるか」が重要だ、なんて言葉があるけれど、確かにそのとおりだ。

もしも一人きりだったら、この朝食はきっと味気ないものだっただろう。

そんなことを考えながらパンケーキを口に運んでいると、男性スタッフがこちらにやってきて告げた。

「コウさま。オクト王から言伝《ことづて》を預かっております。食後のほうがよければそのときにお伝えしますが、いかがしましょうか」

「今で構わない。教えてくれ」

「承知しました。午前十一時三十分に迎えの者を向かわせるので、その者と共に広場に来てほしい、とのことです」

「分かった。ありがとう」

俺は礼を言って食事に戻る。

カボチャのスープは濃厚で、滲《し》みるような甘みがたまらない。

その後に出てきたデザートは卵の風味がギュッと濃縮された密度の高いプリンで、こちらもかなりの絶品だった。

ふう。

ごちそうさまでした。

これだけ食べれば、確かに夜までもちそうだな。

全員が食事を終えるのを待って、俺は皆にこの後の予定を伝える。

「オクト王からの話だと、十一時三十分に迎えが来るらしい。五分前の十一時二十五分に迎賓館の玄関に集合として、それまでは自由時間にしようと思う。それでいいか？」

「あたしは大丈夫よ」

「わたしも、問題ありません」

「ぼくもおっけーだよ！」

「わたくしも異論ありませんわ。……ところでコウ様、出発までの予定はありましまして？」

「いや、特にないな。どうした？」

「でしたら少々、二人で話したいことがありますの。庭にでも出ませんこと？」

「分かった」

俺が頷くと、横の席に座っていたアイリスが声をあげた。

「レティシア。コウに用事なの？」

「ええ。もちろん、アイリス様との仲に横槍《よこやり》を入れるつもりはありませんからご安心くださいまし。あえて言うなら、姉としての家族会議みたいなものですわ」

「待て、レティシア。俺は強欲竜じゃないから、レティシアの弟じゃないぞ」

「あら失礼。とはいえ、昨日までずっと弟と思って接していたわけですし、急に変えられるものでもありませんわ。受け入れてくださいまし」

「そうか」

受け入れろ、と言われてしまうとさすがに反論のしようがない。

このあたり、レティシアはなかなか押しが強いよな。


俺とレティシアは二人で迎賓館の庭へと出た。

アイリス、リリィ、スララの三人（二人と一匹）はそれぞれ部屋で支度を済ませるようだ。

「レティシアは準備しなくていいのか？」

「そこはご心配なく。朝食に来るとき、すでに済ませていますわ」

それなら問題はないか。

俺たちは庭をしばらく歩き、池のあたりで立ち止まった。

「このあたりにしましょうか」

「ああ。で、話ってのは何なんだ？」

「話題は二つありますの。一つ目は、武器についてですわ」

「武器がどうしたんだ？」

「コウ様は魔剣グラム、アイリス様は聖竜槍《せいりゅうそう》フィンブル、リリィ様はユグドラシルの弓……どれも並々ならぬ威力を持った武器ですわ。……けれど、わたくしは素手だけ。固有能力の【墜星《ついせい》】も、ゾグラルを相手にあまり有効だったとは思えませんの」

そうなのだろうか。

俺が疑問に思った矢先、【フルアシスト】の声が響く。


レティシア・ディ・メテオールの発言は間違っていません。

聖竜槍フィンブルの《絶対凍結ＥＸ》、ユグドラシルの弓から放たれる銀色の矢はいずれも莫大《ばくだい》な魔力を秘めており、ゾグラルの触手に対して有効打を与えることができていました。

一方でレティシア・ディ・メテオールの【墜星】はあくまで巨大質量をぶつける攻撃に過ぎないため、ゾグラルの触手に対してさほどダメージを与えることはできていません。

なるほどな。

攻撃に魔力が宿っているかどうかが大事、ってことか。

俺がひとり納得していると、さらにレティシアが言った。

「コウ様。今のわたくしではゾグラルとの戦いにおいて大きく足を引っ張ってしまうかもしれません。図々《ずうずう》しい願いとは思いますが、どうか武器を【創造】していただけませんこと？」

「気持ちは分かった」

俺は頷きながら答える。

「ちなみにレティシアはどんな武器が欲しいんだ？　剣とか槍《やり》とか、そういうリクエストはあるか」

「旅のあいだに色々と試してみましたけど、やっぱり自分の拳が一番馴染《なじ》みますわね。ただ、ゾグラルに直接殴りかかるわけにもいきませんし、コウ様のグラムのように魔力に方向性を持たせて放出させられるものが理想的ですわね」

「確かにな」

そのあたりを考えると、純粋な武器というよりは【隕星】を強化するようなものが理想的だろう。

あるいは、まったく別のものか。

「とりあえずレティシアの考えは理解した。ただ、リクエストどおりの武器ができるかどうかは分からないぞ。ちょっと【フルアシスト】に訊《き》いてみてもいいか」

「もちろんですわ。よろしくお願いいたします」

レティシアはそう言うと、丁寧な仕草でお辞儀をした。
——さて。
そういうわけなんだが、何かいいレシピはないだろうか。
心の中で【フルアシスト】に声をかける。

これより検索を行います。
……検索終了。
検索にかかった時間は〇・二秒、該当するレシピはありません。

ないのか。
さすがに世の中、そうそう都合よくはいかないらしい。

ですがこちらの戦力強化はゾグラルの打倒に必須と考えられます。
レティシア・ディ・メテオールのリクエストに沿う武器のレシピが発見された場合は報告を行います。

ああ、そうだな。
よろしく頼む。

俺は心の中でそう告げたあと、【フルアシスト】の発言をレティシアにも伝えた。

「承知しましたわ。もし必要な物品があれば提供しますので、遠慮なく言ってくださいまし」

「分かった。ところで、話題は二つある、って言ってたよな。もう一つは何なんだ？」

「そちらは完全にただの家族会議ですわね」

「どういうことだ？」

「実際のところ、コウ様はアイリス様のことをどう思っていますの？」

ん？

何の話だろうか。

「どうって、大切な仲間と思っているが」

「それだけですの？」

「他に何があるんだ？　……付け足すなら、いつも助けてもらってありがたいと思っているが」

「でも、戦いが終わったらアイリス様と一緒に買い物をしに行く約束をしていますわよね。……それって、いわゆるデートだと思うのですけれど」

「いや、それは考えすぎだろう」

「なるほど、分かりましたわ」

レティシアは苦笑しながら頷く。

「こんなときでもコウ様はコウ様ですのね」

「何の話だ」

「いえ、お気になさらず。ただ、世界があと二日か三日で終わるかもしれない状況ですし、悔いのないようにしておくべきだと思いますわ」

「終わらないさ」

俺は視線を空に向けながら呟《つぶや》く。

北の空には、依然としてゾグラルが浮かんでいる。

周囲を包む黄金色の結界にも綻《ほころ》びはない。

「今は強欲竜が足止めをしてくれているし、そのあいだにゾグラルを倒す方法を絶対に見つけてみせる。勝ちさえすれば世界は続くんだから、心配することはないさ」

「コウ様は強いですわね」

「そうか？」

「ええ。わたくしは一度ゾグラルに敗れたこともあって、やはり、どうしても不安がありますの。もしかしたら勝てないかもしれない。また呑《の》み込まれてしまうかもしれない。そんなことを考えてしまいますわ」

「そんなことはさせないさ」

「ふふ、頼りにさせていただきますわ」

レティシアはそう言ってクスッと笑った。

そうして話が一段落ついたところで、俺たちは迎賓館の玄関へと向かうことにした。

玄関の時計を見れば、まだ十一時になったばかりだった。

「集合時間まではまだ余裕があるな。どうする？」

「わたくしは特にすることもありませんし、ここで皆様を待とうかと。コウ様はどうされますの？」

「じゃあ、俺もここで待つか」

そんなふうに話をしていると、背後から声が聞こえた。

「あっ、コウさん！」

それは男性の声だった。

振り返ると、眼鏡をかけた細身の青年がこちらにパタパタと駆け寄ってくる。

俺はこの青年を知っている。

レリック・ディ・ヒューバート。

ヒューバート公爵家の三男で、考古学者だ。

主に古代文明について研究を行っており、過去の魔導具をいくつも現代に蘇《よみがえ》らせている。

たとえば迎賓館の部屋にあるシャワーは水の魔石を使ったものだが、これもレリックの研究成果によるものらしい。

他にも多くの業績を上げているため、二十代前半の若さにして、王立アカデミーの特別教授に任命されている。

そういえば、オクト王とも個人的に親しかったはずだ。

「おはようございます、コウさん。……昨日のことは、オクト王から伺っています」

レリックは気遣うような視線を俺のほうに向けながら言った。

「戦いは、ボクも王立アカデミーの部屋から見ていました。怪我《けが》は、ないですか」

「大丈夫だ。ピンピンしてるとも」

俺はそう言って右手をグッと掲げてみせる。

そういえばレリックと会うのも数日振りか。

最後に顔を合わせたのは迎賓館に到着してからだっけな。

「それで、今日はどうしたんだ？　もしかしてオクト王の言っていた迎えってレリックのことか」

「あっ、それはまた別の人が来ます。ボクは、コウさんに見てもらいたいものがありまして」

「見てもらいたいもの？」

「はい、これです」

レリックはそう言って、ポケットから黒いガラス玉のような物体を取り出した。

「以前に王都近くの古代遺跡から発掘されて、装飾品の一種と考えられていたものです」

「禍々《まがまが》しい気配がしますわ」

俺の背後で、レティシアが険しい声で呟いた。

「それはいったい何ですの？」

「それが、分からないんですよねえ」

レリックは困ったように呟いた。

「使い道がはっきりしないですし、発見した当時は装飾品だろうと言われていたんです。ただ、昨日の夜、ゾグラルが出てきたときに不思議なことが起こったんです」

「何があったんだ？」

「急に、紫色に光りだしたんです。ちょうど、ゾグラルと同じような色合いでした」

「それは不思議だな」

俺はしばらく考え込んだあと、ふと、思いつきを口にした。

「もしかしたらゾグラルの身体の欠片《かけら》かもな。過去にもこの世界にゾグラルが来ていた、とか」

「いえ、それは考えにくいですわ」

レティシアが首を横に振りながら言う。

「過去にゾグラルが出現していたなら、その時点でこの世界は滅びているはずですもの」

「確かにな」

この世界が続いている、ということはまだゾグラルが来ていなかった、ということなのだろう。

「とりあえず【鑑定】してみてはいかがでして」

「そうだな」

俺はレリックからガラス玉のような物体を受け取ると、【鑑定】を発動させた。

虚無の欠片：ゾグラルを構成する「虚無」を封じ込めた品。この世界とは異なる、すでに滅びた世界の技術が用いられている。

おいおい。

本当に、ゾグラルの欠片じゃないか。

ゾグラルが出てきたときに光った、というのは本体の出現に反応してのことかもしれないな。

そもそも、この世界とは異なる世界の技術が用いられている、ってどういうことだ。

ともあれ【鑑定】結果をレリックとレティシアの二人にも伝えておく。

「つまり古代文明の品ではない、ってことですよね」

「ああ。別の世界のものらしい」

「もしかして」

声をあげたのはレティシアだ。

「自分の世界をゾグラルに滅ぼされた人々が、こちらの世界に逃げ込んできたときに持ち込んだのかもしれませんわね」

「そんなことが可能なのか？」

「あくまで推論ですわ。でも、古代の人々は異世界から災厄に対抗できる存在を召喚しようとしていたのでしょう？　であれば、世界と世界を渡り歩く技術が存在していたとしてもおかしくありませんわ」

なるほどな。

確かに、そういう技術があるのだとすれば、別の世界の物品が個々に存在していても不思議じゃない。

俺がひとり納得していると、レリックが「あっ！」と大きな声をあげた。

「そうか！　そういうことだったんですね！　分かりました、分かりましたよ！」

「どうしたんだ？」

俺が問いかけると、レリックは興奮気味な様子で答える。

「実はですね、古代文明って滅亡する百年ほど前にドンと大きな技術革新があったみたいなんですよ。もしかしたらゾグラルに世界を滅ぼされた人々が異世界から渡ってきて、その技術を提供したのかもしれません！　もしそうだとしたら、今まで読み解けなかった古文書の意味も変わってくるんじゃ……！　ありがとうございます、コウさん！　コウさんは考古学の大恩人ですよ！」

レリックはそう言って両手で俺の右手を握ると、ブンブンブン、と振り回した。

「いや、俺は【鑑定】しただけだぞ」

「十分です！　いやあ、コウさんに見ていただいて本当によかったです！　ああ、こうしてはいられません。アカデミーに戻って文献を読み直さないと！　コウさん、お礼はいずれ必ず！　失礼します！」

レリックはそう言うと、ヨレヨレの白衣を翻してその場を去っていく。

……と思ったら、Uターンで引き返してきてこう言った。

「あっ、その欠片はコウさんに差し上げます！　ゾグラルを倒すきっかけになるかもしれませんし、好きに扱ってください！　同じものはまだまだ研究室にありますので、必要なら言ってください！ではでは！」

レリックはものすごい早口でそう告げると、今度こそ迎賓館を去っていった。

えーと。

「こんなときもレリック様はいつもどおりですわね」

レリックがさっきまで立っていた場所を見ながら、レティシアがクスッと笑う。

「あの方の研究を無駄にしないためにも、負けられませんわね」

「ああ、そうだな」

レリックが来てくれたおかげで、なんだか緊張がほぐれたような気もする。

頭上にゾグラルがいるせいで、どうにも気が張りっぱなしだからな。

どこかのタイミングできっちりと息抜きをしておかないと、決戦までにへばってしまうかもしれない。

まあ、そのあたりは儀式が終わってからか。

ゾグラルを倒す目途《めど》がつかないと、休むに休めないからな。

そんなことを考えつつ、俺はあらためて視線を虚無の欠片に向ける。

ゾグラルの一部を切り離してガラス玉の中に封じ込めるなんて、とんでもない技術だよな。

この技術を持つ世界が今も残っていればゾグラルを倒す方法を見つけ出していたかもしれない。

まったく。

世の中はままならないよな。

俺は思わず肩をすくめた。

ガラス玉から視線を外すと、廊下の向こうからスララがコロコロと転がりながらこちらにやってくるのが見えた。

「ぼく、いちばんのり！　……じゃなかった！」

スララは俺とレティシアの姿を見て、驚いたように声をあげた。

「マスターさん！　レティシアおねえさん！　早いね！　お話はもう終わったの？」

「ええ。話すべきことは話しましたから、あとは儀式に臨むだけですわね」

「うん、一緒にがんばろうね！」

スララはそう言って、ピョンとその場で飛び跳ねた。

儀式ではスララをはじめとするおせわスライムだけでなく、アイリスやリリィ、レティシアの助けも必要になる。

こういうときに快く力を貸してくれる仲間がいるのは本当にありがたいことだと思う。

俺は本当に恵まれてるな。

そんなふうに我が身を振り返っていると、ふと、スララがジッとこちらを見ていることに気づいた。

「スララ、どうした？」

「マスターさん。それ、何かな」

スララの視線は俺の右手にある虚無の欠片へと向けられていた。

「これか？」

「うん」

スララはコクコクと頷く。

その表情はいつになく真剣なものだった。

「これは虚無の欠片だな。ゾグラルの一部が封印されているらしい」

「えええええええっ！　そうなの!?」

スララは目を丸くして、驚きの声をあげた。

「あ、危なくないかな。マスターさん、吸い込まれちゃわないよね」

「大丈夫だ。ちゃんと封印されているみたいだしな」

「それならいいけど、気をつけてね」

スララは俺を気遣うように告げると、あらためて、虚無の欠片へとまじまじと視線を向ける。

「うーん」

「どうしたんだ？」

「ぼく、それに見覚えがあるかも」

「なんだって？」

「でも、気のせいかも。儀式の前に、他のおせわスライムにも聞いてみるね」

「ああ、よろしく頼む」

「そういえば、スララ様も古代文明のころに生み出されたのですわよね」

ふと、レティシアが口を開いた。

「もしかしたらスララ様も、別世界の技術で作られたのかもしれませんわね。だから虚無の欠片に見覚えがある……とか」

「可能性はあるかもしれないな」

とはいえ、そのあたりは推測でしかない。

真実が分かるとすれば、レリックの研究が進んだときだろう。

古文書の解読が進むかもしれないと言っていたし、その成果に期待しよう。

それからほどなくしてアイリスとリリィがやってくる。

「あら、あたしたちが最後かしら」

「遅くなって、ごめんなさい」

「いや、気にしなくていい。まだ時間にはなってないからな」

壁掛けの時計に視線を向けると、十一時十五分になったばかりだった。

「もともと、迎えは十一時三十分でしたわよね」

「ああ。そのとおりだ」

俺はレティシアの言葉に頷く。

「だから五分前集合にして十一時二十五分にここに集まろう、って決めたんだ」

「でも、実際には十五分前集合で十一時十五分、というわけですわね」

なんというか、うちのパーティは基本的にみんな真面目だよな。

けれども窮屈な息苦しさとは無縁だし、そういう意味では理想的な雰囲気かもしれない。

ともあれ、後は迎えを待つだけか。

そのあいだにアイリスとリリィにも、レリックが虚無の欠片を持ってきたことを伝えておく。

「それって【創造】の素材にはならないの？」

「今のところレシピは浮かんでないな」

ただ、アイリスの言うように、何かの素材に使える可能性はある。

ひとまず【アイテムボックス】に保管しておこうか。

そうして虚無の欠片を収納したところで、迎賓館の女性スタッフが外から玄関に入ってくる。

「迎えの方がいらっしゃいました。玄関にお通ししてもよろしいですか」

かなり早いな。

幸い、こっちは全員揃ってるし、来てもらっても問題ないだろう。

「ああ。入ってもらってくれ」

「承知いたしました」

女性スタッフはそう言って一礼すると、また外へ戻っていった。

ほどなくしてやってきた『迎えの者』は、栗《くり》色の髪を三つ編みにした若い女性……ミリアだった。

「おはようございます、コウさん！　皆さん！　わたしが迎えに来ましたよ！」

ぺかー、と明るい笑顔で、ミリアは右手をぶんぶんと振って挨拶する。

「相変わらず元気だな」

「そりゃもう！　こういうときこそ元気を出さないといけませんからね！」

まあ、確かにそうだよな。

暗い顔をしていても状況が好転するわけでもないし、むしろ気分が落ち込んでくると、できるはずのこともできなくなってしまう。

だったら、明るい顔をしているほうが絶対にいいよな。

「とりあえず全員が揃ってるわけだし、もう出発するか」

「あ、ちょっと待ってください」

「どうした？」

「事前に説明しておくことが二つあるんです。まず、中央広場までは徒歩になります。だいたい歩いて十分くらいの距離です。本当は馬車を用意するはずだったんですけど、馬が怯《おび》えちゃってまして」

「無理もないわね」

納得顔でアイリスが頷いた。

「今も王都の上空にはゾグラルがいるんですもの。馬は繊細な生き物だし、平然とはしていられないわよね」

「ですです。街の中で馬が暴れちゃったら大変ですし、申し訳ないですけど徒歩で行きましょう」

「俺は構わないぞ。皆はどうだ」

俺がそう問いかけると、アイリスたちからは問題ない、との答えが返ってきた。

「じゃあ、歩いていくか」

「ありがとうございます。もしどうしても歩いていくのが辛《つら》いようでしたら言ってください。わたし、頑張って馬車を引きますよ」

ミリアはそう言って右手をグッと掲げた。

その腕は女性らしく華奢《きゃしゃ》で細い。

「いや、それなら俺が引いたほうが早いぞ」

なにせアーマード・ベア・アーマーには《怪力S＋》があるからな。

小型の馬車ならば俺一人でも動かせるはずだ。

「コウ様は儀式の中心ですし、働かせるわけにはいきませんわ。ここはわたくしが引きましょう」

そう言ってレティシアは左の拳を掲げる。

手には魔力を纏《まと》っており、周囲にはキラキラと青白い流星の輝きが散っていた。

「わたしも、戦神様から受け継いだ力を使えば、馬車くらいは引けます」

「ぼくだって、本気になれば馬車くらい引けちゃうよ！　ふんす！」

リリィとスララまでやる気を出し始めた。

「それならグランド・キャビンを出して、デストに引いてもらったらいいんじゃない？」

最後に、アイリスが冷静にコメントした。

まあ、それもそうだな。

グランド・キャビンは以前に俺が作った大型で二階建ての馬車で、オーネンからフォートポートまでの陸路はデストロイゴーレムのデストに馬としての役割を頼んでいた。

「まあ中央広場までの距離はそこまで遠くないわけだし、普通に歩いていくか」

俺の言葉に対して反論は出なかった。

まあ、ミリアもレティシアもリリィも、ほとんど冗談のつもりで「馬車を引く」と言っていたみたいだしな。

「ぼく、活躍できそうだったのに。残念」

どうやらスララは本気だったらしい。

まあ、そのやる気は儀式にぶつけてもらおう。

「とりあえず、移動手段については徒歩で確定だな。それで、もう一つの説明事項は何なんだ？」

俺がそう問いかけると、ミリアはチラリと壁掛けの時計を見てから答えた。

「ええとですね、出発ですけど、時間どおり十一時三十分でお願いします」

「早いとマズいことがあるのか？」

「ありますよ。なにせコウさんは《竜殺し》として有名ですし、昨日の戦いも含めて三回も王都を守ってますからね。外に出たら、たくさんの人が押し寄せてきて、ワッショイワッショイの胴上げになっちゃいますよ」

「待ってくれ。昨日の戦いはこっちの負けだぞ」

「それでも、王都を守るために戦って、被害もゼロに抑えてるわけじゃないですか。一言お礼を言いたい、って人も大勢いまして、コウさんが来たときにパニックが起こらないように【鎮静】持ちの騎士や冒険者をあちこちに配置しているんです」

「その配置が終わるのが十一時三十分ってことね」

アイリスがそう言うと、ミリアが頷いた。

「はい、そのとおりです。というわけであと十分少々、ここで時間を潰《つぶ》しましょう」

「時間を潰すって、何をするんだ？」

「しりとりとかどうです？」

「まあ、いいんじゃないか」

せいぜい十分くらい潰せればいいわけだし、息抜きにはちょうどいいだろう。

こういうときだからこそ、他愛《たわい》ない遊びでリラックスするのは大切だしな。

「でしたら、何かひとつルールでも設けませんこと？」

そう言ったのはレティシアだ。

「たとえば、これまでの旅に関係あるフレーズに限定するとか」

「ついでに、旅の思い出を一言添える、くらいにしておくと時間が潰せそうね」

そんなふうに言い添えたのはアイリスだ。

「面白そう、です」

「ぼく、がんばるよ！」

どうやらリリィもスララも乗り気のようだ。

「よし、だったらそのルールでいくか。ミリアも問題ないか？」

「ええ、大丈夫です。いざとなったら存在しない旅のエピソードを作って喋《しゃべ》りますよ！」

それは普通にルール違反だ。

「それじゃあ最初は誰にする？」

「では、わたくしから」

最初に口を開いたのはレティシアだ。

「海船パエリア。フォートポートで注文したとき、船盛りでパエリアが出てきたのは驚きましたわ」

「あれは驚いたよな」

俺はレティシアの言葉に頷く。

「味も良かったし、また食べたいな」

「ですわね。では、次はスララ様、どうぞ」

「『あ』なら簡単だよ！」

スララは自信満々の表情で言った。

「アイリスおねえさん！　いつもマスターさんを守ってくれてありがとう！」

「……スララ。しりとりは『ん』で終わると負けだぞ」

「あーっ！　ぼく、うっかりしてた！　ごめんね、時間をうまく潰せなかったよ」

「いや、普通に仕切り直しでいいんじゃないか？」

俺がそう提案すると、アイリスたちも首を縦に振った。

というわけで、あらためてスララの番だ。

「じゃあ【アイテムボックス】！　マスターさんがよく使うスキルだよ！　ぼくも入ってみたいな！」

「生物は入れないけどな」

「残念だよ！　じゃあ、次はリリィおねえちゃん！」

「す、ですよね」

リリィは少しだけ考え込むと、さらにこう続けた。

「スライムでどうでしょうか」

「ぼくのことだね！」

スララが嬉《うれ》しそうに声をあげる。

「次はミリアおねえさんだよ！」

「分かりました！　任せてください！」

スララの言葉に、ミリアが元気よく答える。

「えっと、スララさんの『ら』でしたっけ」

「いや、スライムの『む』だな」

「あっ、そうでした」

ミリアはてへっと言いながら小さくはにかみ笑いを浮かべた。

「『む』ですか。むむむ……。無尽なる色欲竜、でしたっけ。以前にコウさんが倒した竜って」

「ああ。実際にはレティシアと一緒に倒したけどな」

「名前のとおり、無限に増殖する厄介な竜でしたわね」

「あれを倒せたのは、まさにレティシアの【支配】のおかげだな」

【支配】というのはレティシアが持つ固有能力のひとつで、手に触れたものに自分の因子を浸透させることで、生物・無生物問わず自在に操ることができるようになるというもの。

それを使うことで色欲竜を自壊に追い込み、俺たちはどうにか勝利を収めている。

「じゃあコウさん、『う』ですね！」

おっと。

会話に気を取られて、自分の番なのを忘れていた。

『う』か」

何があるだろうか。

「浮かばないな」

「じゃあ、次は『な』かしら」

俺の言葉を聞いて、アイリスがそんなふうに呟いた。

いやいや、待て待て。

「今のはただの呟きだ。……というか、意外に『う』で始まるフレーズってないな」

旅に関係ない言葉であれば、ウニとかウールとかいくらでも出てくるんだけどな。

今回の特別ルールだと、なかなか思いつかない。

俺がしばらく唸《うな》っていると、やがてミリアが言った。

「あっ、十一時三十分になりましたね。どうします？」

「時間を潰すのが目的だったし、出発するか」

「じゃあ、しりとりはコウの負けかしら」

「いや、待ってくれ」

アイリスの言葉に、俺は反射的に口を開いていた。

「もう少し時間があれば思いつくかもしれない」

「あら、コウ様、意外に負けず嫌いですよね」

レティシアが微笑を浮かべながら呟く。

「……わたしと、同じです」

リリィが小声で言った。

確かにリリィも負けず嫌いなところがあるよな。

前に、グラム・オリジンとグラム・イミテイトを見分けようとして何度もトライしていたのは記憶に残っている。

「それじゃあ、マスターさん、『う』で始まる言葉を思いついたら教えてね！」

「ああ。期待していてくれ。それじゃあ出発するか」

こうして俺たちはミリアと共に迎賓館を出ることになったが、その際、スタッフが総出で見送りに来てくれた。

「コウ様、皆様、お気をつけていってらっしゃいませ！」

「お帰りになられるのをスタッフ一同、お待ちしております」

「どうかご無事で！」

そんな温かな声援を背中に受けながら、俺たちは迎賓館を離れた。

庭を歩き、正門から外に出る。

——そこには大勢の人々が俺たちを待っていた。

「《竜殺し》さん！　頑張って！」

「応援してるぜ！　頼むから王都を守ってくれよ！」

「きゃー！　視線こっちくださーい！」

ものすごい大騒ぎだ。

というか、最後の発言は何なんだ。

視線をくれって、俺はアイドルじゃないぞ。

道は左右が歩道になっており、中央が馬車道となっている。

歩道は人々でいっぱいになっており、俺たちは馬車道を徒歩で進んでいく形だ。

「すごい人気ね」

アイリスが苦笑しながら呟く。

「オーネンにいたころを思い出すわ」

「確かにな」

「なにか、あったんですか」

そう問いかけてきたのはリリィだ。

「オーネンで黒竜を倒した後のコウさん、すごい人気だったんですよ」

ミリアがニコニコと笑いながら答える。

「街に出るだけで握手やサインをねだられたり、あと、子供が元気に育つように頭を撫でてくれ、なんてお願いもされてましたね」

「そんなこともあったな」

懐かしいな。

「俺はただの人間だし、そんなご利益《りやく》ないんだけどな」

「コウ様、異議ありですわ」

レティシアが肩をすくめて言う。

「わたくしの弟を――大災厄の強欲竜を宿していた時点で『ただの人間』とは言えませんわよ」

「確かにそうよね」

うんうん、とアイリスが頷く。

「それに、コウの記憶の封印されていた部分が明らかになったら、やっぱりただの人間じゃなかった、って話になるかもしれないわよね」

「ありえると、思います」

コクコクとリリィが頷いた。

「でも、マスターさんはマスターさんだよ！」

スララが無邪気な声で言った。

「もし記憶がつらい内容だったら、ぼくをいっぱいぷにぷにして忘れてね！」

「分かった。ありがとうな。まあ、記憶がどんなものにせよ、儀式が終わった後は疲れているだろうし、前みたいにマッサージしてくれ」

「うん、まかせて！　他のおせわスライムと一緒にフルコースでがんばるよ！」

そんな話をしつつ、俺たちは王都を歩いていく。

王都はさすがに大きな街だけあって、建物も大きい。

やがて左に大きく曲がると、中央広場に辿《たど》り着いた。

「おお、コウ殿！　待っておったぞ」

広場に入ってすぐのところには、オクト王が護衛の騎士たちを引き連れて待っていた。

「ここならブラズニルを出せると思うが、どうだ」

「ああ。大丈夫だ」

中央広場の外周部は木々が生い茂っているが、中心部は芝生となっており、かなりの広さがある。

ここならブラズニルを出しても問題なさそうだ。

俺は【アイテムボックス】を開き、ブラズニルの取り出しを念じる。

直後、地面に巨大な魔法陣が浮かび、閃光《せんこう》が弾《はじ》けたかと思うと、左右に鳥のような大きな翼を持つ飛空艇が現れていた。

「おお……！」

オクト王が感嘆の声をあげる。

「これだけの大きなものが【アイテムボックス】に入っていたのか。容量が無限大という話はレリックからの手紙にも書いてあったが、実際に見るとすごい迫力だな」

「あたしたちはもう見慣れちゃったけど、冷静に考えると、とんでもないことよね」

アイリスがしみじみと頷きながら言う。

「これだけの大きさのものを運べるわけだし、戦いが終わったら運送業を始めてもいいかもしれないわね」

「【オートマッピング】があるから迷子の心配もありませんしね！」

アイリスの言葉に乗っかるようにして、ミリアが言う。

さらにレティシアが口を開いた。

「しかも《神速の加護ＥＸ》を使えば目的の場所まで一瞬ですわ」

「すごく、人気が出そうです」

「マスターさん、大儲《おおもう》けできるね！」

リリィやスララまでも乗ってくるとは予想外だ。

運送業か。

うーん。

そうだな。

繋《つな》げて読むと、運送だな、ですね。

いや、そういうつもりじゃないぞ。

というか【フルアシスト】がツッコミを入れてくるとは思っていなかった。

本当に、どんどん人間臭くなってきたな。

それはさておき――

「運送業をやるとしても、ずっと先の話だよ。俺としては世界をまだまだ見て回りたいし、金だってすでに十分なくらい稼いでるしな」

「確かに、これまでの討伐報酬が山ほどあるものね」

「おお、そういえば報酬の話だが」

オクト王がハッと思い出したような表情を浮かべて言った。

「先日の黄竜、色欲竜、それから魔神竜の討伐報酬について話しておらんかったな。それから、今回のゾグラルと。もはや事態が大きくなりすぎて対価を金銭で支払える規模を超えておる。いっそ貴族にでもならんか。貴殿の持つアイテムを使えば、土地を豊かに実らせ、贅《ぜい》の限りを尽くした暮らしを送ることもできるだろう」

「いや、遠慮させてくれ。貴族ってのは、つまり、その土地に住む人間の生活を背負うってことだろう。俺はそんな器じゃないさ」

「コウ殿は謙虚なのだな。普通、貴族になれると聞けば飛びついてくるものだが」

「そこがコウのいいところよね」

クスッと笑いながらアイリスが言うと、さらにミリアがこう続けた。

「まあ、コウさんの場合はもうちょっとくらい欲を持ってもいいと思いますけどね」

「とはいえ、今はコウ様もゾグラルとの戦いで頭がいっぱいでしょうし、後で考えることにしてはいかがでして？」

「そうだな」

俺はレティシアの言葉に頷くと、オクト王のほうを向き直る。

「報酬については保留にさせてくれ」

「よかろう。余のほうでも考えておこう。世界を救った英雄にふさわしい褒美とは何か、をな」

「まだ救ってないけどな」

俺は思わず苦笑した後、皆に呼びかける。

「さて、雑談はここまでにしておこう。ブラズニルの中に入るぞ」

「分かりました。儀式、頑張ります」

リリィがコクリと頷くと、グッと両手を握った。

気合は十分のようだ。

「みんな、もう来てるかな？」

スララがルンルンと楽しそうな様子で船体の側面にある入口のドアへと向かう。

おっと。

まだ《おせわスライム召喚ＥＸ》を使っていなかったな。

ブラズニルとのリンクを確立しました。

《おせわスライム召喚EX》を発動させてよろしいですか？

ああ、もちろんだ。

よろしく頼む。

俺が頷いた次の瞬間、甲板のあたりで、ポン、ポン、ポンと次々に白い煙が弾けた。

「ぼくたちの登場だよ！」

「マスターさん、こんにちは！」

「今日は儀式、みんなでがんばるよ！」

スライムたちは元気よく声をあげながら、ぴょんぴょんぴょん、と甲板で跳ねまわっている。

「おお……！」

俺のすぐ横でオクト王が感嘆の声をあげた。

「スララ殿もかなりのものだが、大勢で騒いでいる姿も可愛《かわい》らしいな」

「オクト王も一緒に来るか？」

「構わんのか？」

「ああ。【戦神の末裔《まつえい》】が役に立つかもしれないしな」

「うむ。では同行させてもらおう」

それからオクト王は護衛の兵士たちにブラズニルの周囲を警戒するように告げると、俺たちのところに戻ってきた。

「これで指示は出した。余がおらんでも問題はなかろう」

「コウさん、わたしもご一緒していいですか？」

さらにミリアも同行を申し出てくる。

「ああ、もちろんだ。もし儀式の途中でおかしなことを感じたら、いつでも言ってくれ」

というわけで、俺はアイリス、リリィ、レティシア、スララといういつものメンバーに加えて、ミリアとオクト王を連れてブラズニルへと足を踏み入れた。

直後、脳内に声が響いた。


《空間歪曲《わいきょく》ＥＸ》により儀式場を生成します。

よろしいですか？


《空間歪曲ＥＸ》はブラズニルの持つ付与効果のひとつで、これによって外観よりもはるかに大きな内部構造を持っている。

さらに任意で部屋を増やすことも可能だ。

儀式場を生成することは事前に決まっていたので、俺はコクリと首を縦に振った。


では生成を開始します。

……生成完了しました。


一瞬だけ船がグラグラッと揺れる。

おそらく《空間歪曲ＥＸ》の余波だろう。


「コウ殿、今のは？」

オクト王が疑問の声をあげたので、スキルと付与効果で儀式場を生成したことを伝える。

「そんなこともできるのか……。本当にコウ殿は規格外だな」

「いや、俺がすごいんじゃなくて――」

「スキルがすごいんだ、ですよね」

いたずらっぽい表情でミリアが言った。

「いや、スキルと付与効果だな」

「コウ、そこって突っ込むところ？」

俺の言葉にアイリスがクスッと笑う。

「そういうところにこだわるのはコウ様らしいですわね」

さらにレティシアも苦笑した。

そんな一幕を挟みつつ、俺たちは儀式場へと向かうことにした。

「儀式の場所はこっちだよ！　ついてきてね！」

スララに案内されながら、俺たちは船内を歩いていく。

途中で何匹ものおせわスライムとすれ違った。

「あっ、マスターさんだ！　こんにちは！」

「みんな、儀式に向けて準備してるよ！」

「困ったことがあったら、いつでも言ってね！」

皆、にこやかな表情で声をかけてくれる。

温かな気持ちになりながら歩いていると、やがて儀式の場所に辿り着いた。

場所は船内の後方で、以前、みんなで飲みに行ったバーの近くだ。

「また、前みたいにみんなでワイワイ話したいですね」

どこかしみじみとした様子でミリアが言う。

「ああ。そのためにも勝たなくちゃな」

俺はそう答えてから儀式場に足を踏み入れた。

そこはとても広い場所だった。

おそらく縦横ともに五十メートルを超えており、天井までの高さも同じくらいある。

その空間の中央には白い石造りの祭壇が設けられていた。

「ほう。立派な祭壇だな」

祭壇を眺めながらオクト王が感嘆の声を漏らす。

「しかし、この場所は随分と広いな。……船よりも大きいのではないか」

「《空間歪曲EX》のおかげじゃない？」

「ああ、そのとおりだ」

アイリスの言葉に俺は頷きつつ、祭壇のほうに視線を向ける。

そこではすでに大勢のおせわスライムたちがピョコピョコと忙しそうに動き回っていた。

「いそげー、いそげー」

「いそぐよー、いそぐよー」

「魔法陣を描くよー。えいえい！」

動きのひとつひとつがぷにぷにして可愛らしく、儀式の前の緊張なんて忘れてしまいそうなほど和んでしまう。

やがて一匹のおせわスライムがこちらにやってきて、スララに何事かを耳打ちした。

「ひそひそ、ひそひそ」

「そっか！　ぼくからマスターさんに伝えるね！」

スララはそう言うと俺のほうを向き直る。

「マスターさん！」

「どうした？」

「儀式について相談があるよ！」

「分かった。教えてもらっていいか」

俺がそう答えると、スララは相談内容について説明を始めた。

まず、今回の儀式の目的だが、それはもちろん俺の記憶にかかった封印を解くことだ。

そのために黄昏《たそがれ》の巻物を使い、創造神、竜神、戦神、災厄、そして精霊の力を一つに束ねることが必要となっている。

俺は【創造】持ちで、アイリスが【竜神の巫女《みこ》】、リリィは【戦神の巫女】、そしてレティシアは災厄の生まれ変わりだから、五つの力のうち四つは自然に満たされている。

精霊の力については俺が持っている精霊の指輪が相当するので、それを自分で身につけるつもりだった。

しかし、スララは言う。

「それだとマスターさんが創造神と精霊の力の二つを同時に制御することになるから、ちょっと負担が大きすぎるかも！　できたら、ミリアおねえさんが精霊の指輪をはめて儀式に加わってほしいよ！」

「えっ、わたしですか？」

ミリアは驚いたように答えたが、すぐにいつもどおりのにこやかな表情に戻ってこう言った。

「分かりました、任せてください」

なかなかの即答だな。

「ミリア、無理はしなくていいぞ」

「いえいえ、大丈夫ですよ。それに、コウさんにはオーネンの街を救ってもらった恩がありますからね。ここでお返しをさせてください」

「待て待て」

オクト王が声をあげた。

「そういうことなら余がやろう。【戦神の末裔】として世界を救う手助けをさせてくれ」

「うーん、それは難しいかも」

困ったようにスララが声をあげた。

「戦神の力はリリィおねえちゃんが担当してるから、そこに【戦神の末裔】の王さまが入っちゃうと、バランスが崩れちゃうんだ。ごめんね」

「そうか……」

オクト王は残念そうに呟いた。

「ではこの儀式についてはミリア嬢に任せるとしよう」

「はい、任せてください！　コウさんがゾグラルを倒したら、儀式に加わったことを周囲に自慢しちゃいますよ！　えへん！」

ミリアはおどけた様子で胸を張りながらそう言った。

「そういうわけでマスターさん、ミリアおねえちゃんに精霊の指輪を貸してあげてほしいよ！」

「分かった」

俺はスララの言葉に頷くと【アイテムボックス】から精霊の指輪を取り出した。

「そういえばこの指輪って、もともと、ミリアの親戚が持っていたんだよな」

「はい。今はどこで何をしているかまったく分からないんですけどね」

「戦いが終わったら、探してみるか」

「じゃあ、そのときはクエストを発行させてもらいますね」

「ああ。よろしく頼む」

そんな会話を交わしたあと、俺は指輪をミリアに手渡した。

「これで準備完了かな」

「うん！　じゃあ、儀式の説明をするね！」

ちなみに俺は最初から【フルアシスト】に全容を教えられている。

だからスララの説明を横で補足しながら聞くことにした。

今回の儀式は俺の記憶の封印を解くためのものだが、イメージとしては、俺の心の中に入る、といったほうが分かりやすいだろう。

その際、一緒に儀式に加わる皆――アイリスやリリィ、レティシア、ミリア、そしてスララも一緒に俺の記憶を見ることになる。

「それって、コウのプライバシーを覗《のぞ》くようなものよね。……いいの？」

遠慮がちにアイリスが問いかけてくる。

「構わないさ。むしろ、身に覚えのない記憶を一人で見るのは不安だしな」

繰り返しになるが、俺自身には記憶が欠けているという自覚はない。

逆に言うと、どんな過去が飛び出してくるのかまったく分からないのだ。

そのあたりを考えると、アイリスたちが一緒にいてくれたほうが助かる。

「いざとなったら、お酒を飲んで忘れちゃいましょう！」

確かにミリアの言うとおりだな。

幸い、ブラズニルにはバーもあるし、ショックのあまり今後の戦いに支障をきたすような状況に陥ってしまったら、酔い潰れて気分を切り替えるのも手だろう。

「女性陣に言いづらい過去であれば、余に相談するといい。コウ殿には万全の状態で戦ってもらわねば、世界が滅びてしまうからな」

オクト王は冗談めかした様子でそう言った。

「わたしたちに言いづらい過去って、どんなものでしょうか……？」

リリィが純真な様子で呟く。

「それは、ううむ……」

オクト王は困ったように眉をひそめる。

「実はたくさんの女性を手玉に取っていた、というのはありえますわね」

レティシアがおどけた様子で呟く。

「一緒に旅をしていて思いましたけれど、いい意味で女性慣れしてますわよね」

「確かにそれは思いますね」

ミリアが頷きながら言った。

「過去にたくさん女性を弄《もてあそ》んできたから、もう完全に飽きてしまったとか」

「いや、さすがにそれはないぞ」

少なくとも現代日本にいたころの記憶は鮮明だ。

そしてこの世界に来てからの記憶もはっきりしている。

ということは、現代日本からこの世界に来るまでのどこかに記憶の欠落があるんじゃないか……

というのが俺の推測だ。

「確かにそうね」

「まあ、とにかく儀式が始まれば分かるさ」

アイリスが頷く。

「まあ、でも、コウのコイバナにはちょっと興味があるわね」

「聞いても面白いものじゃないぞ」

俺はそう答えると、スララに視線を向けた。

「それで、儀式はいつから始められそうだ」

「えーっとね」

スララがうーんと考え始める。

横ではアイリスたちが「話を逸《そ》らしたわね」「逸らしましたね」「逸らしましたわ」「逸らしたな」

とヒソヒソ話をしていたが、聞こえないふりをしておく。

というかオクト王、普通に会話に交じってるな。

カリスマを発揮すべき部分では発揮し、そうでない部分ではフランクに接する。

こういうのも人徳の一つなのかもしれないな。

そんなことを考えているとスララが言った。

「あと五秒で準備完了だよ！」

早いな。
5、4、3、2、1、──。
0になったタイミングでスララが言った。

「それじゃあ儀式を始めるよ！」


俺たちはオクト王をその場に残し、白い石造りの祭壇へと向かう。

「まずは中央に黄昏の巻物を置いてね！」

「分かった」

俺はスララに言われたとおり【アイテムボックス】から黄昏の巻物を取り出すと、祭壇の中央に置いた。

「巻物を囲むように、みんなで並んでね」

というわけで、俺から時計回りに、アイリス、ミリア、リリィ、そしてレティシアの順番でぐるりと円陣を組む。

その周囲に、ズラリとおせわスライムたちが並んだ。

「儀式を始めるよ！」

「魔力をねりねりするよ！」

「ねーりねーり。こーねこーね」

スライムたちは縦長になったり、平たくなったりを繰り返しながら、俺たちの周囲をグルグルと動き回る。

「なんだか可愛らしいわね」

アイリスがクスッと笑った。

「ずっと見ていられそう」

「確かにな」

とはいえ残念ながら、儀式の手順としてはおせわスライムたちを眺めているわけにはいかない。

俺たちは互いに両手を繋ぐと、目を伏せる。

スララの声が響いた。

「それじゃあ次にレティシアおねえさん、よろしくね！」

「承知しましたわ」

この儀式は全員の心を一つにすることが必要となる。

その媒介としてレティシアの固有能力である【支配】を使うことになっていた。

直後、脳内に【フルアシスト】の音声が響く。

傲慢竜《ごうまんりゅう》の因子を検出しました。

今回はブロックせずに浸透を許可します。

ああ、問題ない。

直後、温かな感覚が、レティシアと繋いでいる右手から流れ込んでくる。

それはやがて左手にも広がっていき、アイリスへと伝わっていった。

「なんだか、ポカポカするわ」

「本当ですね」

「あったかいです」

ミリアやリリィにも浸透したようだ。

「準備完了ですわね。次はどうしますの？」

「ぼくの次に続いて、呪文を唱えてね！」

そう言ってスララは大きく息を吸い込むと、高らかに詠唱を始めた。

「――はるか遠き地より来たりし者よ、汝《なんじ》の記憶を解き放たん。遠き過去、隠されし過去、秘められし過去」

それに引き続いて、俺たちも声を一つにして呪文を唱える。

直後、【フルアシスト】の声が響いた。

黄昏の巻物による記憶解放プロセスを実行します。

そしてフワリとした浮遊感とともに、俺の意識は闇に呑まれていた。

第四話　記憶を取り戻してみた。

ん？
気がつくと、俺は電車に揺られていた。
スーツ姿でロングシートの左端に座り、ぼんやりと窓の外を眺めていた。
車両の中には、俺以外の乗客の姿はない。
また、電車は駅に着いたわけでもないのに動きを止めていた。
おかしいな。
俺はさっきまでブラズニルの船内で、記憶の封印を解くための儀式をしていたはずだ。
なのにどうして電車に乗っているんだ。
アイリスたちはどこに行ったんだ？
脳裏を疑問がよぎった矢先、【フルアシスト】の声が聞こえた。
ここはコウ・コウサカの記憶をもとにして構成した仮想空間です。

ええと。

仮想空間ってことは、現実じゃない、ってことか。


はい。

夢のようなもの、と考えてください。


分かった。

アニメやマンガでよくあるやつだな。

ところで、儀式は成功したのか？


成功しています。

コウ・コウサカの記憶領域の封印は解かれました。

当該領域の内容を閲覧するにあたっては追体験の形が最適と考えられたため、このような仮想空間を構成しました。


なるほどな。

どうして仮想空間が日本なんだ？

……って、訊《き》くまでもないか。

やっぱり、俺が異世界に転移した直後に何かあったんだな。

そのとおりです。

かなり衝撃の強い内容ですので、覚悟してください。

なお、今回の儀式にあたっては傲慢竜《ごうまんりゅう》の因子によって全員の意識をリンクさせています。

これにより、儀式の参加者をこの仮想空間に呼ぶことが可能です。

分かった。

呼んでくれ。

みんな、日本のことを知りたがっていたしな。

それに、後で情報を共有するより手っ取り早いだろう。

承知しました。

儀式に参加していた四名を順次、召喚します。

すでに状況の説明は済ませておきました。

それは助かる。

直後——

俺の目の前でカッと閃光《せんこう》が弾《はじ》け、まずはアイリスが姿を現した。

「儀式、成功したみたいね。ここがコウの暮らしていた世界なの？」

「ああ。厳密には、俺の記憶をもとにして再構成されたものだけどな」

「でも、面白いわね」

電車の中をキョロキョロと見回しながらアイリスが言う。

「これって、あたしたちの世界で言う馬車みたいなものかしら」

「ああ。馬車じゃなくて、電気で動いているけどな」

「前に言ってたわよね。コウの世界には魔法がなくって、代わりに別の技術が発達している、って。

……ブラズニルは魔力で動いてるけど、この乗り物は電力で動いている、ってことかしら」

「ああ、そんなところだ」

俺とアイリスがそんな会話を交わしていると、新たにひとつ、閃光が弾けた。

そうして姿を現したのはリリィだった。

「お邪魔します」

そう言って遠慮がちにぺこりと一礼する。

こういうところ、ものすごくリリィ「らしい」よな。

続いてレティシア、そしてミリアが現れた。

「わたくしが来ましたわよ！」

「わたしも来ました！」

二人ともテンション高いな。

「コウ様の封印されていた記憶がショッキングな内容、と聞きましたので、テンションを上げておこうかと思いましたの」

「ですです。明るくいきましょう！　おー！」

ミリアはそう言って元気よく右手を掲げた。

ほどなくして、【フルアシスト】の声が聞こえた。

今回は全員の意識が繋《つな》がっているため、本音声はコウ・コウサカだけでなく、この場の全員に聞こえるように設定しています。

……聞こえていますでしょうか。


へえ、そんなことができるのか。

俺が感心していると、アイリスたちが答えた。

「ええ、大丈夫よ」

「これが【フルアシスト】さんの声なんですね」

「発音がしっかりしていますわね」

「頭の中に声が聞こえるのって、なんだか不思議ですね！」

ひとまず、音声に問題はなさそうだ。

では、時系列に沿ってコウ・コウサカの記憶を再生していきます。

封印されていた領域に入る際には事前にアナウンスさせていただきます。


そんな言葉とともに、ガタン、と電車が音を立てて動き始める。

「コウはここで召喚されたの？」

「ああ」

俺はアイリスの言葉に頷《うなず》く。

「座席に座って居眠りしていたら、いきなり真っ黒な空間に飛ばされていたんだ」

そう答えた直後のことだった。

突然、フッ、と周囲の風景が切り替わり、俺たちは真っ黒な空間に浮かんでいた。

「……ちょうどこんな感じだ」

「かなり唐突ですわね」

周囲をしげしげと見回しながらレティシアが言う。

「異世界からの召喚というからには、魔法陣が浮かぶとか、そういう劇的な演出を予想していましたけれど」

「もしかしたら、周囲の人間を驚かせないように配慮したのかもな」

「でも、もともとの世界から、コウさんはいなくなったわけですよね」

リリィがふと呟《つぶや》いた。

「大騒ぎになっていませんか」

「どうだろうな」

俺は少し考えてからそう答えた。

「あっちの世界じゃ、俺はただのサラリーマン、まあ、ギルド職員みたいなものだったしな。前にも話したが、トラブルが起こった案件の解決を主に担当していたが、それも一区切りついたところだった。……会社には迷惑をかけたかもしれないが、まあ、人が逃げるのは珍しいことじゃない。うまくやっているだろうさ」

「あの、コウさん」

ミリアが首を傾《かし》げながら言う。

「人がいなくなるのが常態化しているのって、職場としてかなり問題じゃないですか」

言われてみればそのとおりだ。

担当者の失踪が『よくあること』で済まされるあたり、うちの職場って本当に異常だったんだな……。

そんなことをしみじみ考えていると、フッ、と暗闇に青白いウィンドウが浮かんだ。

そこには日本語でこんな文章が表示されていた。

あなたはこれより異世界に召喚されます。以下の選択肢から、希望する役割を選んでください。

一、勇者：大いなる宿命を背負った戦士
二、魔王：己の欲望のまますべてを塗り潰《つぶ》す暗黒の統治者
三、賢者：常識外れの魔力ですべてを圧倒する魔法使い

「これはなんでしょうか」

リリィが首を傾げる。

「見たことのない文字、です」

「俺の住んでいた国の言葉だな」

「何が書いてあるかは分かりませんけど、丸い文字はなんだか可愛《かわい》らしいですね」

ひらがなの部分を指さして、ミリアが言った。

そういえば海外の人にはひらがなが可愛らしく見えるらしいな。

そんなことを考えつつ、俺はウィンドウに何が書いてあるかを説明する。

「なるほど、理解しましたわ」

レティシアが頷く。

「【転移者】には【勇者】、【魔王】、【賢者】のいずれかのスキルが与えられるとは聞いていましたけど、事前に選択させる形式でしたのね」

「でも、説明が足りなすぎるわね」

アイリスが苦笑しながら言う。

「これだと、異世界に行くことしか分からないわ。ゾグラルや災厄のこと、せめて魔物が存在していることくらいは事前に言っておくべきじゃない」

「確かにそうですよね」

うんうん、とミリアが頷く。

「クエストの説明文としてはあまりに不適切です。こんなのを冒険者ギルドのクエストボードに貼り出したら苦情の嵐ですし、担当者さんは再教育ですよ」

「ところで」

と、リリィが言う。

「コウさんはどれを選んだんですか」

「いや、選ばなかった」

「えっ」

驚いたように声をあげたのはアイリスだった。

「どういうこと？」

「あくまで当時の俺の考えなんだが、勇者として大いなる宿命を果たせる気もしないし、魔王って王様なわけだし、そんなのは面倒くさい。賢者になろうにも俺は賢くない。そういうわけで、どれも選ばない、って答えたんだ」

俺がそう説明した直後、かつてと同じようにメッセージウィンドウが消え……また、新たなウィンドウが現れた。

隠し選択肢『四、どれも選ばない』が選ばれました。

おめでとうございます！　隠し選択肢を見つけたあなたには、規格外の能力が与えられます！


この文章、懐かしいな。

当然ながら日本語で書いてあるので、内容をアイリスたちに説明する。

反応は、というと。

「隠し選択肢を仕込むのは面白いですけど、なんというか、非効率的ですわね」

レティシアがため息をついて答えた。

「そんなややこしいことをせずに、最初からすべての能力を与えればいいと思うのですけれど」

「本当にそうよね。なんだか変な話だわ」

アイリスがため息をついた直後、【フルアシスト】の声が脳内に響いた。


少し、説明をさせていただいてもよろしいでしょうか。

どうやら皆にも聞こえているらしく、俺たちは揃《そろ》って頷いた。

この召喚術式は完成までに複雑な経緯を辿《たど》っています。

本来は召喚者の適性に合わせて【勇者】、【魔王】、【賢者】のいずれかを自動的に付与する形が予定されていましたが、完成よりも先に世界が滅びてしまいました。

幸い、術式だけは別の世界に伝えられたのですが、現地の人々によって手が加えられ、召喚者がスキルを選択する方式に変更されたのです。

召喚術式はその後も未完成のまま無数の世界を転々とし、そのたびに仕様が変更され、現在の形に落ち着いたのです。


つまり、複数の担当者が代替わりしながらコードを書いたプログラムみたいなものか。

術式がエラーを起こさないように注意しつつ、召喚者にできるだけ大きな力を与えようとした結果が『隠し選択肢を仕込む』という方法だったのかもしれないな。

俺がそんなふうに納得していると、【フルアシスト】はさらに続けた。


ここから先が封印された記憶領域となります。

心の準備をよろしくお願いします。


分かった。

俺が頷いていると、アイリスがこちらに右手を差し出して言った。

「いよいよね。……もし辛《つら》くなったら、頼ってくれていいわ」

「ああ。いざというときは頼む」

俺も右手を差し出し、互いにコツン、と拳を合わせた。

「やっぱりコウ様とアイリス様は仲良しですわね」

「ふふっ、こんなときも見せつけてくれますね」

「でも、相変わらずで安心しています」

レティシアたちがそんなことを言っているあいだに、ウィンドウには次のメッセージが表示される。


それでは異世界への転移を開始します。貴方《あなた》に神々と精霊の祝福があらんことを

これも懐かしいな。

この後、異世界に転移したんだよな。

俺の記憶のとおり暗闇がサッと晴れ――

次の瞬間。

俺たちは荒野に立っていた。

……あれ？

「妙だな」

「どうしたの？」

俺の言葉を聞いてアイリスが問いかけてくる。

「もしかしてコウの記憶と違うの？」

「ああ。俺の記憶が確かなら、あの後、オーネンの近くの森の中に立っていたんだ。……こんな荒野に来た覚えはないぞ」

「なんだか寂しい場所ですね」

ミリアが周囲を見回して呟く。

「まるで滅びた後の世界みたいです」

「ゾグラルに滅ぼされた世界、でしょうか……？」

リリィがそう呟いた直後、【フルアシスト】の声が響いた。


そのとおりです。

コウ・コウサカの召喚術式はゾグラルによって介入され、本来とは異なる行き先——すでにゾグラルによって滅亡しつつある世界へと変更されました。

それが、この場所です。


なるほどな。

俺の記憶に欠けがあるとすれば異世界に転移する前後だろうと予想をつけていたが、どうやらそのとおりだったらしい。

実際、あらためて周囲を眺めていると、なんだか景色に見覚えがあるような気がしてくる。

「コウ様、あちらを見てくださいまし」

レティシアが、俺から見てちょうど真後ろを指さした。

そちらに視線を向けると、巨大な紫色の泡が空に浮かんでいた。

……ゾグラルだ。

「だんだん、思い出してきた」

俺は後ずさりながら呟く。

「いきなり荒野に放り出されて戸惑っているうちに、ゾグラルに襲われたんだ」

「それで、どうなったの」

アイリスが震える声で問いかける。

「無事、だったの？」

「いや」

俺は首を振る。

「逃げようとしたが、ダメだった。ゾグラルが触手を伸ばしてきて、俺をまるごと呑《の》み込んだんだ」

そこからの記憶は途切れている。

ゾグラルに吸収された後、俺はどうなったのだろう。

その疑問に答えるように【フルアシスト】が告げる。

ゾグラルはコウ・コウサカを吸収したあと、破滅を齎《もたら》す最強の下僕《しもべ》に作り替えようとしました。

そのために【創造】のスキルを新たに与え、さらに【覚醒】の固有能力を持つ強欲竜を宿らせるなど、数多くの干渉を行っています。

そして最後に、自分に逆らうことがないように精神操作を施そうとしたのですが、ある事情によってそれは妨害され、コウ・コウサカは本来の意識を保ったまま目を覚ますことになったのです。


ある事情って、いったいどんなものなんだ？


それについては後でお話しします。

ひとまず、コウ・コウサカの記憶についての説明を優先させてください。

あと少しで終わりますので。


【フルアシスト】の言葉とともに、周囲の風景がパッと切り替わる。

木々の間から太陽の光が差し込む、穏やかな雰囲気の森だ。

遠くからはチチチッと鳥の囀《さえず》る声が聞こえる。

なんだか見覚えのある場所だな。


ここはオーネンの東に位置する森の中です。

そして、コウ・コウサカがこの世界に降り立った場所でもあります。


あっ。

言われてみればそのとおりだ。

ってことは、封印されていた記憶はここまでか。


はい。

これ以降の出来事についてはカットしてもよろしいでしょうか。


もちろんだ。

ここから先のことは今もしっかり覚えている。

まずはヒキノの木を素材にして、剣や槍《やり》を【創造】したんだよな。

山を下りたところで、アーマード・ベアに襲われているクロムさんを助け、そのままオーネンへ。

アイリスとの出会い、ブラックスパイダーの討伐、極滅の黒竜との決戦——。

色々な出来事を経て、今に至る……というわけだ。

「あの」

俺が一人で納得していると、レティシアが声をあげた。

「よろしければ話を整理させてくださいまし。コウ様の封印された記憶というのは、つまり、ゾグラルに遭遇していたことですの？」

「ああ、そのとおりだ」

俺はレティシアの言葉に頷く。

これまでの認識としては『ある日突然、現代日本からこの世界へと転移させられた』というものだったが、実際のところは『ゾグラルに吸収され、別の存在に作り替えられる』などという予想外のイベントが挟まっていたのだ。

正直、かなり驚いている。

驚いてはいるのだが、さほど動揺はしていなかった。

それどころか自分の状況について「まるでヒーローものみたいな話だな」なんて他人事《ひとごと》のように考える余裕があった。

悪の組織によって改造手術を施された主人公が、洗脳を免れ、悪の組織と戦う――。

ヒーローものの王道ともいえる設定だが、現在の俺にかなり近いものがある。

破滅を齎す下僕へと作り替えられた存在が、こうして反旗を翻しているわけだしな。

そんなことを考えていると、

「【フルアシスト】さんに質問があります！」

ミリアが大声とともに右手を挙げた。

「コウさんがゾグラルの精神操作を受けずに済んだのは、どうしてなんですか？　後で説明するって話になっていましたし、そろそろ聞きたいです！」

「それ、あたしも気になってたのよね」

アイリスがうんうん、と頷く。

「【フルアシスト】さん、教えてもらえないかしら」


承知しました。

少々長い話になりますが、お聞きください。

ゾグラルはこれまでに数多くの世界を滅ぼし、多くの生命を――意思ある者たちを取り込み、自分の一部に変えてきました。

その結果、ただの現象だったゾグラルに意思が生まれたのです。


なんだって？

意外な事実に驚きつつ、俺は【フルアシスト】の話に耳を傾ける。

それによると、ゾグラルは意思を得たことで、自分自身の存在に疑問を持ち始めたらしい。

『なぜ、わたしは世界を滅ぼすのだろう？』

だが考えても答えは出ず、身体は本能に突き動かされるまま、ありとあらゆるものを貪欲《どんよく》に吸収していく。

ただし、これまでと違う点がひとつだけあった。

意思、つまり思考や感情を手に入れたことにより、ゾグラルは自分のせいで命を落とした者たちの悲嘆や絶望を理解できるようになったのだ。

――まだ死にたくない！

――助けてくれ！

――どうしてこんな目に遭わないといけないんだ！

ひとつの世界を呑み込むたび、何億、何十億という悲痛な叫びが木霊《こだま》し、ゾグラルの精神を苛《さいな》んだ。

本当なら、今すぐにでも立ち止まりたい。

世界を滅ぼすのをやめてしまいたい。

だが、滅亡の化身としての本能はあまりに強く、自分の意志ではどうすることもできなかった。

後悔と罪悪感に押し潰されながら、やがてゾグラルはある結論に辿り着く。

『このまま罪のない命を奪い続けて、いったい何になる？　楽しいわけでもない。ただ辛いだけだ。

……本当に滅びるべきなのは、わたしだ』

「それで、どうなったんだ？」

俺が問いかけると【フルアシスト】はこう答えた。

ゾグラルは自分自身を滅ぼすための手を打ちました。

当時、忠実な下僕へと作り替えられつつあったコウ・コウサカに自分の意志を分け与え、精神操作が行われる寸前でこの世界へと送り出したのです。

いつか自分を打ち倒せるほどの存在になることを願って——。

「つまり、俺が精神操作を受けずに済んだのは、ゾグラルのおかげってことか」

その認識で間違いありません。

以上が『ある事情』の内容となります。

質問などはありませんか？


「ひとつ、気になることがあるんだ」

俺は小さく手を挙げて訊いた。

「【フルアシスト】はどうしてそんなにゾグラルについて詳しいんだ？　さっきから自分のことのように話しているが、まさか」


はい。

貴方が察しているとおりです。

記憶領域の封印が解かれたことで、わたしもようやく自分のことが理解できました。

ゾグラルがコウ・コウサカに分け与えた意志——

それこそがわたしこと【フルアシスト】の正体です。

人間というのは衝撃の事実をいくつも突きつけられると、驚きというものが飽和するらしい。

俺は一度、大きく深呼吸をすると、冷静な思考で【フルアシスト】の話を振り返る。

要するに、ゾグラルの中では本能と意志が統一されておらず、バラバラになっているらしい。

滅亡の化身としての本能と、そんな自分を忌み嫌う意志。

現状では本能のほうが圧倒的に強く、自分の意志ではどうすることもできない。

そんな現状を変える一手として、精神操作が行われる前段階で俺をこの世界に逃がした……ということなのだろう。


わたしの役割は、コウ・コウサカを導き、ゾグラル《わたし》を倒せるほどの存在に成長させることです。

これまでは自覚していませんでしたが、いま、はっきりと理解しました。


なるほどな。

俺がゾグラルを倒せるように万全の手助け《フルアシスト》を提供する――。

それが【フルアシスト】の使命だった、ということか。

もうひとつ、お伝えすることがあります。

記憶領域の解放に伴い、新たな【創造】のレシピを取得しました。

このアイテムを生み出すことにより、コウ・コウサカの持つ【空間操作】を、ゾグラルの時空支配能力と同等のレベルまで高めることが可能です。


それはありがたいな。

時空支配能力を手にすることができれば、ゾグラルと同じ土俵に立って戦える。

少なくとも、勝負にならないという事態は避けられるはずだ。

そんなことを考えていると、脳内にレシピが浮かんだ。

フェンリルコート×一　＋　虚無の水晶×一　↓　フェンリルコート・ヴォイド×一

虚無の水晶？

そんなアイテムは見たことないぞ。

……いや、待てよ。

俺の持つスキルには【素材錬成】というものがある。

同じ素材を掛け合わせることで、さらに上位の素材を生み出す……というものだ。

虚無の欠片《かけら》ならレリックのところに複数あるそうだし、それらを【素材錬成】すれば虚無の水晶が生み出せるかもしれない。

わたしからの話は以上です。

儀式を終了し、現実世界に復帰してもよろしいでしょうか。

「俺は大丈夫だ。みんなはどうだ？」

「あたしも構わないわ。……最後はちょっと衝撃の情報が多すぎて、まだ頭の整理が追いついていないけど」

「わたくしもですわ」

アイリスの言葉に、レティシアが頷いた。

「ともあれ、ゾグラルが自分の消滅を望んでいることは理解できましたわ」

「世界を滅ぼすことなんて望んでいないのに、本能のせいで立ち止まれない。……悲しい話だと思います」

リリィが俯《うつむ》きながら呟く。

「討伐以外の方法で、ゾグラルを止めることはできないのでしょうか」

「コウさん。こんなときこそ【創造】の出番ですよ。ゾグラルの本能を抑え込むポーションとか作れませんか」

「そういうのがあれば、いいんだけどな」

ミリアの提案は魅力的だが、残念ながら該当するレシピは今のところ存在しない。

ただ、討伐以外にゾグラルを止める方法があるのなら、検討する価値はあるだろう。

俺たちの目的は、あくまで世界の滅亡を防ぐことだ。

ゾグラルの討伐はその手段に過ぎない。

そのことは頭に置いておくべきだろう。

さて、と。

皆も異論はなさそうだし、そろそろ現実世界に戻るか。

俺の内心を察したように【フルアシスト】の声が響いた。

それでは現実世界への復帰プロセスを実行します。

皆様、お疲れさまでした。

その言葉とともに、視界が真っ白な閃光に包まれ――

俺はいつのまにか眠りに落ちていた。

目を覚ますと、そこはベッドの上だった。

「ここは……？」

身を起こしながら周囲を見回す。

部屋は広く、いくつものベッドが並んでいる。

学校の保健室を何倍も広くしたような空間だ。

すぐ左横のベッドにはアイリスが寝かされており、安らかな寝息を立てている。

さらにその向こうにはベッドが三つあって、それぞれリリィ、レティシア、ミリアの三人が眠っていた。

俺を含めて五人、仮想空間にいた全員がここに集められているようだ。

「あっ！　マスターさん！　起きたんだね！」

右のほうから声が聞こえた。

視線を向けると、スララがぴょこぴょこと嬉《うれ》しそうな表情でこちらにやってくる。

「マスターさん、だいじょうぶ？　頭痛くない？」

「ああ、大丈夫だ。……何がどうなってるんだ？」

俺がそう問いかけると、スララは状況を説明してくれる。

どうやら現実世界の俺たちは、儀式が始まると同時にその場に頽《くずお》れるようにして眠ってしまったらしい。

そこでスララたちおせわスライムは手分けして俺たちをブラズニル内の医務室に運んでくれたようだ。

「王さまがとっても心配してたよ！　後で声をかけてあげてね！」

「オクト王のことか？　分かった。……今は何時だ？」

「午後二時くらいかなあ。みんな、よく寝てたよ！」

どうやら思ったより時間は経《た》っていないようだ。

そんなことを考えているとスララが声をかけてくる。

「ねえねえ、マスターさん」

「どうした？」

「封印されていた記憶って、どんな内容だったの？」

まあ、やっぱり気になるよな。

隠すほどの内容でもないので、俺はざっとスララにも説明しておくことにした。

「ひっぐ、えっぐ。マスターさん、こわかったね。びっくりしたね。ぴえええええっ」

俺の封印されていた記憶、つまりはすでに一度ゾグラルに取り込まれていたことを説明したところ、スララは泣きだしてしまった。

ええと。

どうしたものかな。

とりあえずスララを抱き上げて、ポンポン、と頭を撫《な》でる。

「俺は大丈夫だぞ。まあ、過ぎたことだしな」

「マスターさんは、強いね」

スララはどこからともなく取り出したハンカチで目元をぐしぐしと拭《ぬぐ》いながら言う。

「ぼくだったら、ショックで三日は寝込んじゃうよ」

「今は世界が滅ぶかどうかの瀬戸際だし、それもあって、驚かずに済んでいるのかもな」

俺がそんなふうに答えた直後、背後であくびが聞こえた。

振り返ると、ちょうどアイリスが目を覚ましたところだった。

「ふぁ……。おはよう、コウ。あたしたち、現実世界に戻ってきたみたいね」

「他の皆はまだ寝ているみたいだけどな」

俺は苦笑しながらそう答える。

それからほどなくしてリリィ、レティシア、ミリアも目を覚ました。

「おはようございます、コウさん」

「ふぁ……。なんだかよく眠っていた気がしますわ」

「このベッド、寝心地いいですね。冒険者ギルドの宿直室に導入できませんか？」

それについては要検討だな。

もしもベッドを個別で【創造】できるなら、価格次第では納入してもよさそうだ。

そんなことを考えていると、船内のおせわスライムたちに連れられて、オクト王がやってきた。

「おお、コウ殿！　ようやく目覚めたか！　心配したぞ！」

「俺も、皆も無事だ。安心してくれ。ひとまず、ゾグラルを倒すための糸口は掴《つか》めた」

「それはなによりだ。……ところでコウ殿、儀式が終わったばかりのところで悪いが、外に出られるか。大変なことが起こっておる」

第五話　思い出の籠った品を集めてみた。

俺たちはすぐにベッドから立ち上がると、オクト王と共に医務室を離れた。

大変なことが起こっている、なんて言われたら、ジッとしているわけにはいかないよな。

ブラズニルの甲板に出て、空を見上げる。

そこには異様な光景が広がっていた。

「なに、これ」

アイリスがゴクリと息を呑《の》む。

他の皆も驚きの表情を浮かべていた。

というのも――

空が、毒々しいまでの紫色に染まっていたからだ。

どうしてこんなことになっているのだろう。

……解析中。

解析完了しました。

脳内に【フルアシスト】の声が響く。

どうやらゾグラルは強欲竜の結界を強引に破ろうとしているようです。
その余波により、空が紫色に染まったと推定されます。

結界は大丈夫なのか？

油断できない状況なのは確かです。
結界が崩壊するまでの時間ですが、およそ四十五時間と推定されます。

つまり明後日の朝がタイムリミット、ってことか。
もともとは明後日の夜だったはずなので、半日ほど縮まったことになる。
急いだほうがよさそうだな。
俺は【フルアシスト】の解析内容をその場にいた皆に伝える。
「まだ猶予はある、ということですわね」
空を見上げながらレティシアが呟《つぶや》く。

その表情は険しく、弟である強欲竜の身を案じていることが窺《うかが》い知れた。

「この後の動きですけれど、レリック様のところへ行って、虚無の欠片《かけら》を貰《もら》うのでしたわよね」

「ああ。でも、それは俺一人でも十分だ。皆は儀式で疲れているだろうし、ゆっくり休んでおいてくれ」

「それなら、コウさんも疲れていると思います」

そう言ったのはリリィだ。

「そもそもわたし、あまり疲れていません」

「よく寝たから、むしろ元気いっぱいですよね」

ミリアがグッとガッツポーズをしながら言う。

「むしろ何かやることがあったほうがいいんですけど、力になれることってありませんか」

そうだな……。

俺が考え込んでいると、再び【フルアシスト】の声がした。


先ほどもお伝えしたように、ゾグラルの内部では、何もかもを滅ぼそうとする本能と、それを止めようとする意志が別々に存在しています。

現在は本能が圧倒的な優位を保っていますが、意志の力がそれを上回れば、ゾグラルを自壊に導くことができるでしょう。

そのために、人々から思いの籠《こも》った品を集めていただけませんか。

待て待て。

話が飛躍しすぎてるぞ。

思いの籠った品が、ゾグラルの意志とどう関係してくるんだ？


失礼しました。

タイムリミットが縮まったこともあって、わたしも焦っているようです。


別に構わないさ。

というか、焦って結論を急ぐなんて、まるっきり人間みたいだな。


わたしは【フルアシスト】としてあなたに宿り、この世界に生きる人々の姿を見てきました。

それが、わたしの情緒を育てたのでしょう。


話を戻します。

ゾグラルの意志というものは、もともと、多くの思いに触れることによって発生しました。

思いの籠った品を素材として【創造】を行えば、ゾグラルの意志を増幅させるアイテムを生み出せる……と推定されます。

推定？

じゃあ、確実な情報ではない、ってことか。

本来なら詳細な解析を行ってから提案を行うつもりでしたが、状況が状況ですので。

なるほどな。

今後もタイムリミットが急に縮まる可能性があるわけだし、【フルアシスト】の判断は納得できるものだ。

ただ、今回の提案はあくまで推定に基づくものです。

思いの籠った品を集めてもレシピが出現しない可能性もあります。

実行するかどうかの判断は、コウ・コウサカにお任せします。

そんなの、答えは最初から決まっている。

【フルアシスト】は俺がこの世界に来てからずっとそばで支え続けてくれた相棒だからな。

ありがとうございます。

【フルアシスト《わたし》】に肉体があったなら、全身で感謝の気持ちを表していたことでしょう。

いつか【フルアシスト】の身体を【創造】できたら面白いかもな。

俺はそんなことを考えつつ、アイリスたちに声をかけた。

そして、思いの籠った品を集めてほしいことと、その理由を伝える。

「分かりました！」

最初に返事をしてくれたのはミリアだった。

相変わらず、元気のいい声だ。

「それじゃあ、わたしは冒険者ギルド本部に行って、協力を要請してきます！」

「では王都の者たちへの呼びかけは余が行おう」

頼もしい様子でオクト王が言う。

「コウ殿の活躍は王都の者たちもよく知っておる。色々な品を持ってきてくれるだろう」

「あたしたちも声をかけて回りましょうか」

「そうですね。わたしも、頑張ります」

「声の大きさには自信がありますわ。期待してくださいまし」

アイリスやリリィ、レティシアも手を貸してくれるようだ。

ありがたい話だ。

「ところで、集めた品はどこに持っていけばいいかしら」

「ひとまず、ブラズニルでいいんじゃないか」

俺はアイリスの疑問に答えると、足元にいたスララに声をかける。

「スララ、受け取り役を任せていいか」

「うん！　まかせて！　きっちりうけとるよ！」

「ああ、よろしくな」

よし。

これで今後の予定も決まった。

あとはとにかく動くだけだ。


というわけで、ここからは皆と別れての単独行動だ。

俺はフェンリルコートを纏《まと》うと《神速の加護ＥＸ》を発動させる。

今は一秒でも時間が惜しいからな。

【オートマッピング】でレリックの居場所を検索しつつ、超高速で王都の通りを駆け抜ける。

レリックは王立アカデミーの三階にいるらしい。

すでに通行の許可はオクト王に貰っている。

非常事態ということで、ある程度の行動はお目こぼししてくれるようだ。

俺はフライングポーションを飲むと空を飛んだ。

レリックの研究室の窓は開きっぱなしになっていたので、そこから中に入って《神速の加護ＥＸ》を解除し、フェンリルコートを【アイテムボックス】に戻した。

レリックはこちらに背を向け、机にかじりつくようにして古文書の解読作業をやっていた。

「ふむふむ。なるほどなあ、なるほどなあ。……この世界に渡ってきた人々の中には【未来視】持ちがいたのかもしれませんね」

「そうなのか？」

「ひゃあっ!?」

俺が背後から声をかけると、レリックは驚いて椅子から転げ落ちてしまった。

「コ、コウさんじゃないですか。ビックリさせないでくださいよ」

「悪い。ところで【未来視】がどうのと聞こえたんだが……」

「実は古文書の解読作業をやっていたんですけど、どうやら古代文明の成立に関わった人々は【未来視】を持っていた可能性があるんですよね。あ、【未来視】というのは未来の出来事を知るスキルで、理論上は存在してもおかしくないと言われているものです。リリィさんの【予知夢】の上位互換と考えてください」

「それを古代文明の人々が持っていた、ってことか」

「厳密には、古代文明の時代にこの世界へやってきた異世界の人々、ですね」

「なんだかややこしいな」

「ボクもそう思います」

レリックは小さく肩をすくめると、さらに言葉を続けた。

「本題に戻りますけど、実はこの古文書に面白い記述があるんですよ。『空が紫に染まりしとき、決戦の時は近づけり。【創造】を持つ者に思いの込められし品を託すべし。其《そ》れ、滅亡を免れる唯一の方策なり』」

「なんだって」

俺はレリックの言葉に驚いていた。

『空が紫に染まりしとき』という記述は今の状況そのままだし、さらに、『思いの込められし品を託すべし』というのは先ほどの【フルアシスト】の提案に近い。

この記述を信じるなら、思いの籠った品を集めようとするのは正解ってことになるな。

俺が一人納得していると、レリックが声をかけてくる。

「ところでコウさん、急にどうしたんですか？　ボクになにかご用事ですか」

「ああ。虚無の欠片を譲ってもらえないか。オクト王の許可も貰っている。ゾグラルを倒すのに必要なんだ」

「分かりました。世界を救うために使うんですよね。ちょっと待っててください。全部持ってきます」

レリックはそう言って立ち上がると、タタタタタッ、と小走りに隣の部屋へと向かう。

ゴソゴソ、ゴトゴト。

どんがらがっしゃーん。

なんだか激しい物音が聞こえたが、大丈夫だろうか。

やがてヨロヨロとした足取りでレリックが戻ってくる。

その両手には大きな木箱を抱えていた。

「コウさん、持ってきましたよ。お待たせしてすみません、すみません」

「いや、別に構わないさ。それより、すごい物音だったが、大丈夫か？」

「あ、はい、いやあ、ボク、昔から片付けが苦手でして。どこに何があるかは分かるんですけど、それを取り出すのに時間がかかっちゃうんですよねえ」

レリックは、たはは、と笑いながら木箱を床に置くと、その蓋《ふた》を開けた。

中にはぎっしりと虚無の欠片が詰まっていた。

「こんなにあるのか」

「もしかしたら【未来視】持ちの人々がこのときのために用意していたのかもしれませんね」

「だとしたら、ありがたい話だな」

俺はそう言いながら木箱をまるごと【アイテムボックス】に収納する。

すると、脳内に【素材錬成】のレシピが浮かんだ。

虚無の欠片×二〇〇　↓　虚無の水晶×一

よし、予想どおりだな。

俺はすぐに【素材錬成】を発動させる。

虚無の水晶：ゾグラルを構成する「虚無」を封じ込めた水晶。内部には時空を支配するための力が眠っている。

続いて、【創造】のレシピも脳裏に浮かぶ。

フェンリルコート×一　＋　虚無の水晶×一　↓　フェンリルコート・ヴォイド×一

こちらもすぐに実行する。

フェンリルコート・ヴォイド：虚無の水晶を取り込むことにより飛躍的な進化を遂げたフェンリルコート。装備するものに時空支配能力を与える。
付与効果：《物理防御強化S＋》《魔法防御強化S＋》《神速の加護EX》《時空掌握EX》

物理防御強化、魔法防御強化はもともとSだったがS＋に上昇している。
《神速の加護EX》は据え置き、さらに《時空掌握EX》が追加されていた。
これは装備者に時空支配能力を与える効果らしい。
俺は【アイテムボックス】からフェンリルコート・ヴォイドを取り出す。
全体のフォルムは以前と変わっていないが、内側の部分は紫色に染まっていた。

ゾグラルの身体と同じ色だ。
コートに袖を通すと、身体の奥で、ドクン、と何かが震える感覚があった。
頭の中に【フルアシスト】の声が響く。

フェンリルコート・ヴォイドとのリンクが確立しました。
時空支配能力を【時空支配】としてスキル化しました。
以後、念じるだけで使用が可能となります。

なるほど。
具体的にはどんなことができるんだ？

内容は多岐にわたるため高速インストールを行います。
構いませんか。

ああ、問題ない。
すぐにやってくれ。
俺が頷《うなず》くと、すぐに情報が頭の中に流れ込んでくる。
……ふむふむ。

なるほど。

【時空支配】は【空間操作】の超位互換という話だったが確かにそのとおりだ。

効果範囲は俺を中心として半径五百メートル、この範囲内なら自由にワープでき、範囲内に存在するものをすべて認識できる。

他にもできることは幅広く、たとえば範囲内の仲間に《神速の加護ＥＸ》を与えたり、逆に、敵の時間を止めることも可能らしい。

まさに時空を支配する能力だな。

俺がそんなふうに考え込んでいると、隣にいたレリックが声をかけてくる。

「あの、コウさん。……【創造】はうまくいったんですか？」

「ああ、すまない。おかげでうまくいったよ。これならゾグラルに対抗できそうだ」

「よかったです。ボクはこのまま古文書の解読を続けようと思うんですけど、他に力になれることってありますか」

「実は、ちょっと譲ってほしいものがあるんだ」

俺はそう前置きしてから、思いの籠った品を集めていることを説明する。

「分かりました！　じゃあ、ちょっと待っててください」

レリックは明るい声で答えると、自分の机から一冊の手帳を持ってくる。

「これはオーネンの地下都市にいたときに書いていた記録ノートです。色々と書くことが多すぎて、一冊まるごと使い切っちゃったんですよね。当時の感動もそのまま書いているんで、かなり思い出が籠っていると思います」

「見ていいか？」

「もちろんです、もちろんです」

「じゃあ、遠慮なく……」

俺は手帳を開く。

そこには細かい字でギッシリと地下都市のことが書いてあった。

ところどころにおせわスライムの似顔絵や、家々のスケッチが残されている。

「でもこれ、貴重な研究資料じゃないのか」

「ええ、まあ。でもすでに予備は作ってあるんです」

レリックはそう言って引き出しから二冊の手帳を取り出した。

「これは試作品の複写魔導具を使って作ったノートです。こっちが予備、こっちが予備の予備ですね」

「予備の予備まであるのか」

「コウさんがいつも言ってるじゃないですか。世の中、何が起こるか分からない、って。だからボクも予備の予備を用意することにしたんです。……というわけで、その手帳は持っていってくださって構いません」

「分かった、ありがとうな」

「いえいえ。……こんなことしかお手伝いできなくてすみません」

「十分だよ。本当に感謝してる」

「あの、コウさん。……どうか、ご無事で」

「任せてくれ。帰ってきたら、古文書の解読の続きを聞かせてくれ」

「はい！　きっとすごいことが書いてあると思いますし、楽しみにしていてください！」

「ああ、よろしく頼む」

俺はそう言って【アイテムボックス】にレリックの手帳を入れると、研究室を去ることにした。

まだフライングポーションの効果時間が残っていたので、窓から外に飛び出す。

そのまま全速力で王都の中央広場に向かってみると、すでにそこには大勢の人だかりができていた。

もしかして、もう思い出の品が集まり始めているのだろうか。

そう思いながらブラズニルの甲板へと降り立つと、船の周囲にいた人々がこちらを見て言った。

「《竜殺し》さんだ！」

「王様に言われて、色々と持ってきました！」

「空の魔物を倒すのに必要なんですよね！　遠慮なく使ってください！」

そんな声があちこちから聞こえてくる。

「皆、ありがとう。本当に感謝してる」

俺はできるだけ大きな声でそう答えると、深く頭を下げた。

直後、ワッと周囲から歓声があがった。

「いいんだよ、《竜殺し》さん！　あんたにゃ何度も助けてもらったからな！」

「三回も王都を守ってくれてありがとうな！」

「いつも見ていることしかできねえが、これくらいは手伝わせてくれよ！」

温かい言葉があちこちから飛んでくる。

それを聞いているだけで、胸のあたりが熱くなってくる。

戦っているのは自分だけじゃない。

強くそう感じた。


ブラズニルの船内に入ると、スララがやってきて俺にこう言った。

「マスターさん！　王都の人たちから受け取った品は儀式場に集めているよ！」

「分かった。見にいこうか」

「うん！　ついてきて！」

というわけで、ぴょこぴょこと跳ねるスララとともに廊下を歩き、儀式場へ向かう。

そこにはたくさんの品が置かれており、現在進行形で増えつつあった。

「うんしょ、よいしょ」

「ていねいに運ぶよ！」

「スライム運送です！　お荷物おいときます！」

おせわスライムたちが次々にやってきては、王都の人々が譲ってくれた品を置いていく。

それは古びたぬいぐるみだったり、あるいは錆《さ》びた剣だったり、どれもがドラマのありそうなものばかりだった。

普通なら手放すのに抵抗があるだろうに、よく譲ってくれたものだ。

「みんな、それだけマスターさんに期待しているんだよ」

「ありがたい話だな」

だったら、その気持ちには応えたいところだ。

さて、素材としてはあとどれくらい必要なのだろう。

そんなことを考えながら、古びたぬいぐるみを手に取ると【フルアシスト】の声が聞こえた。


試算中――。

より完璧を考えるなら、思いの籠った品は多ければ多いほど理想的です。

もし可能なら、これまでに訪れた街にも声をかけることが最善かもしれません。


分かった。

じゃあ、今から行ってみるか。

ついでに【時空支配】の試し打ちもすればいい。

そんなことを考えていると、儀式場にアイリスがやってきた。

「あらコウ、もう戻ってたのね。虚無の欠片はどうだった？」

「無事に手に入ったよ。それを使ってコートを新調したところだ」

俺はそう言ってフェンリルコート・ヴォイドの裾を広げてみせる。

「あら、裏地の色がちょっと変わったのね」

「ああ。……今からちょっと、これまでに行った街にも声をかけて回ってくる。そうだ、アイリスも一緒に来てくれないか」

「もちろんよ。じゃあ、ちょっとリリィちゃんとレティシアに声をかけてくるわね」

「二人も戻っているのか？」

「ええ。船内のカフェで休憩しているはずよ」

「じゃあ、一緒に話をしに行くか。色々と情報を共有しておきたいしな。スラも一緒に来てくれ」

「うん！　ぼくもお話をきくよ！」

というわけで、俺はアイリスとスラを連れて船内のカフェに向かう。

そこにはレティシアとリリィの姿があった。

「あらコウ様、奇遇ですわね」

「お疲れさま、です。……うまくいきましたか？」

「ああ。とりあえず、ゾグラルと同じ土俵には立てそうだ」

俺はそう答えると【時空支配】についてザッと説明する。

「……とんでもない力ね」

最初にそう言ったのはアイリスだ。

「空を飛べるし時間も止められる。まるで神様じゃない」

「すごい、です」

キラキラとした視線をリリィが向けてくる。

いや、そうはいっても、リリィは戦神の力を継いだわけだし、神様っぽさでいえばそちらのほうが上じゃないだろうか。

まあ、それはさておき――

俺はこれから他の街を回って思いの籠った品を持ってきてくれるように頼むつもりであることを伝えた。

「今日のうちに声をかけて、明日集めて回ろうと思う。一日じゃあまり集まらないかもしれないが、少しでも多く素材が欲しいからな」

「それはどうかしら。きっと想定以上に多く集まると思いますわ。コウ様、人望がありますもの」

レティシアがクスッと笑いながら言う。

「ともあれ、ゾグラルと戦う目途《めど》がついて何よりですわ」

「それを言うなら、三人とも、王都の人への声掛けありがとうな。おかげで思い出の品も色々と集まってるよ」

「いえいえ。一番の功労者はここにいないミリア様ですわ」

「わたしも、そう思います」

リリィが頷きながら言う。

「ミリアさんはいま、冒険者の方も総動員して、街じゅうに声をかけて回っています」

「後でお礼を言わないといけないわね」

「ああ、そうだな」

俺はアイリスの言葉に頷く。

「ところで、レティシアとリリィはこれからどうする？　一緒に他の街に行くか？」

「さて、どうしましょうか」

レティシアは、なぜか俺とアイリスを交互に見て言った。

「リリィ様はどう思いまして」

「……わたしは、ここで休もうと思います。それに、これから思い出の品を持ってきてくれる方々への対応もありますし」

「そうですわね。では、わたくしたちは王都に残りますので、短い時間ですがアイリス様との二人旅を楽しんできてくださいまし」

「まあ、そんな気楽なものじゃないけどな」

なにせ世界の存亡がかかっているタイミングだ。

多少の息抜きは必要にしても、遊んでいる場合じゃない。

ともあれ、これで予定は決まったな。

「じゃあ、アイリス。行こうか」

「ええ。それじゃあ、あとはお願いね」

「はい、いってらっしゃいまし」

「いってらっしゃい、です」

「マスターさん、アイリスおねえさん、がんばってね！」

というわけで、俺はアイリスを連れてひとまず甲板に向かう。

「まずはどこに行くの？」

「フォートポートだな」

「じゃあ、空を飛ぶのよね。フライングポーションならポーチに入れてあるわ」

「いや、それには及ばない」

「えっ？」

「【時空支配】は自分以外も対象にできるんだ」

俺はそう答えてから【時空支配】の発動を念じる。

直後——

まるで全身が大きく広がるような、不思議な感覚があった。

脳内に【フルアシスト】の声が響く。

【時空支配】の発動を確認しました。

コウ・コウサカの認識への最適化を行います。


ほどなくして頭の中に、ちょうど今の俺自身を俯瞰《ふかん》して見下ろすような映像が浮かんだ。

たとえるならオープンワールドのゲームの三人称視点だろうか。

同時に、俺自身の視覚も存在しているのでちょっと混乱する。

まあ、このあたりは慣れだな。

ともあれ、これで首を動かさなくても周囲の風景を把握することができるわけか。

「コウ、どうしたの？」

黙り込んでしまった俺を心配してか、アイリスが声をかけてくる。

「ああ、すまない。ちょっとスキルに慣れるのに手間取っていただけだ」

とりあえず、【空間操作】の飛行を試してみるか。


飛行の感覚はフライングポーションと同じものに設定しておきました。

アイリスノート・ファフニルもコウ・コウサカを中心として半径百メートル以内であれば自由に飛行が可能です。


さすが【フルアシスト】、気が利くな。

直後、俺たちの身体がふわりと宙に浮かんだ。

「フライングポーションを飲んでないのに飛べるなんて、すごいわね」

アイリスが驚いたように言う。

「それじゃあフォートポートに行きましょうか」

「ああ。ただ、普通に行くとかなり時間がかかるからな。《神速の加護ＥＸ》を俺とアイリスに使う」

「あたしにも使えるの？」

【時空支配】の範囲内なら大丈夫だ。最初はこっちで手を引いたほうがいいかもしれないな」

「そうね、エスコートをお願いしようかしら」

アイリスはそう言って右手を差し出してくる。

俺はその手を左手で握ると、自分とアイリスを対象として《神速の加護ＥＸ》を発動させた。

「行くぞ」

「ええ」

そのまま急上昇し、王都の上空へ向かう。

視界の端をゾグラルが掠《かす》める。

結界はまだまだ大丈夫そうだ。

【オートマッピング】を発動させてフォートポートの方角を確認すると、アイリスと手を繋いだままその方角へと向かう。

《神速の加護ＥＸ》を発動させているため、一瞬のうちに王都が遠ざかる。

下に視線を向けると、すでに俺たちは陸地を離れ、海上を進んでいた。

「すごい速度ね！」

アイリスが興奮ぎみに声をあげる。

「これがコウの世界なのね！」

「まあ、普段からこの速度で動いてるわけじゃないけどな」

俺はそう答えながら、自分自身の魔力量に意識を向ける。

自分だけでなくアイリスも対象にして《神速の加護ＥＸ》を発動させているわけだが、【時空支配】のおかげか、一秒あたりの消費魔力はこれまでの十分の一以下になっていた。

これなら一時間ずっと発動させておくことも可能そうだ。

「ねえ、自分で飛んでみてもいいかしら？」

「ああ。危なかったら俺が補助するから、やりたいようにやってみてくれ」

俺はそう言ってゆっくりとアイリスから手を離す。

「きゃっ！」

アイリスは一瞬、姿勢を崩して俺のコートにつかまった。

「ご、ごめんなさい」

「いや、大丈夫だ。こっちこそ急すぎたか。どうする？」

「ちょっと待って。少しずつやってみるわ」

そう言ってアイリスは姿勢を立て直すと、コートから指を離した。

「あ、普通に飛ぶときと感覚は同じなのね」

「ああ。ちょっと速いだけだ」

「ちょっとどころじゃないと思うわ」

アイリスはクスッと笑うと、くねくねと蛇行を始めた。

「ふふっ、なかなか面白いわね」

「俺から離れすぎると効果が切れるから気をつけてくれ」

「大丈夫よ。えいっ！」

アイリスはくるくると渦を描くような動きを始める。

かなりテンションが上がっているな。

こんな無邪気な彼女の姿を見るのは初めてかもしれない。

俺は知らず知らずのうちに笑みを零《こぼ》していた。


ほどなくしてフォートポートが見えてきた。

ちなみに空はここでも紫色だ。

この様子だと、全世界の空が紫色に染まっているのかもしれない。

そんなことを考えていると、アイリスが言った。

「どこで降りるの？」

「冒険者ギルドの前でいいだろう。そこで《神速の加護ＥＸ》を解除する」

「分かったわ」

アイリスが俺の言葉に頷く。

それから俺たちはフォートポートの冒険者ギルドの前で地面へと降り立った。

周囲の人々の動きは完全に止まっているように見える。

実際には逆で、俺たちが加速しているだけなんだけどな。

《神速の加護ＥＸ》を解除すると、周囲の人々が普通に動き始める。

何人かは突然現れた俺たちに驚いていたが、構わず、冒険者ギルドの建物の中に入る。

今は昼過ぎで、本来なら冒険者たちはクエストに出ている時間だ。

にもかかわらず、ロビーには多くの冒険者たちが集まっていた。

彼らは俺のほうを見ると、首を傾《かし》げながら口を開いた。

「あれって《竜殺し》だよな？　王都に行ったんじゃないのか」

「もしかしてあの空を見て戻ってきてくれたのか？」

「どうする、誰か訊《き》きに行ってみるか？」

そんな会話が耳に入ってくる。

皆に説明しても構わないが、まずはここの責任者――ギルド支部長と話をしておくべきだろう。

フォートポート支部の支部長は、ジェスさんだったな。

銀縁眼鏡をかけた、いかにも「やり手」といった雰囲気の男性だった。

俺はひとまずロビーの真ん中を進み、奥の受付へと向かう。

窓口にいたのは、以前、海賊のジードから助けた女性職員だった。

「あっ、コウさん！　お久しぶりです。どうされました？」

「ジェス支部長に話があるんだが、いきなりで悪いが取り次いでもらえないか」

俺はそう言ってから真上を指さした。

「この空のことで話がある」

「空が紫色になった理由について、ご存じなんですか」

「ああ。ただ、誰にどこまで説明すればいいか分からない。それと、原因を解決するために手伝ってほしいことがあるんだ」

「分かりました。コウさんはフォートポートを二度も救ってくださった大恩人ですからね。たとえジェス支部長が嫌がっても、絶対に取り次いでみせます。待っててください！」

女性職員はそう言って席から勢いよく立ち上がると、窓口を出て二階に走っていく。

「すごいやる気ね」

アイリスが苦笑しながら言う。

「コウの人望の賜物《たまもの》かしら」

「そんなことはないさ。でも、ありがたい話だな」

それにしても、と俺は続ける。

「こんな気軽にフォートポートに来られるんだったら、みんなでカジノに遊びに行ってもよさそうだな」

「確かに、リリィちゃんが興味津々だったものね」

「あとはほら、海の見えるバーがあるよな」

「前にコウと一緒に行ったところね」

「あのバーは静かでいい雰囲気だったし、また行きたいな」

「ええ、また二人で行きましょう」

「そうだな」

俺はもともとあまり騒がないほうだし、アイリスも物静かなほうだ。

お互い、バーの落ち着いた空気に浸りながら飲むのが好きなタイプなんだよな。

そういう意味じゃ似た者同士と言えるだろう。

そんなことを考えていると、女性職員がタタタタタッと階段を駆け下りてくる。

「ジェス支部長からＯＫ出ました！　支部長室までご案内します！」

なかなか早いな。

とはいえ悪いことじゃないし、お言葉に甘えさせてもらおう。

俺とアイリスは互いに頷くと、女性職員と一緒に支部長室へと向かう。

「それにしてもコウさん、アイリスさん、お二人ともフォートポートに戻ってらっしゃったんですね。他の仲間の皆さんもご一緒ですか」

「いや、俺とアイリスの二人で戻ってきたんだ。この後、スリエやトゥーエにも行く予定だ」

「それってかなり時間がかかりませんか」

「ま、色々と新しいスキルが手に入ったんで、王都からここまでだって一時間もかかっていないんだ」

「すごいですね……。さすがコウさんです……」

女性職員は感嘆のため息をつく。

やがて支部長室に到着した。

中に入るとジェス支部長がいて、ひとまず互いにソファに座って話をすることになった。

「お久しぶりです、コウさん、アイリスさん。できれば再会を喜びたいところですが、現在、フォートポートの街はかなり混乱しています。【鎮静】持ちの冒険者やギルド職員が全力でパニックを抑えていますが、それも限界があります。……何が起こっているか、お教えいただいてもよろしいでしょうか」

「ああ。俺たちはそのために来たからな」

俺はそう言ってゾグラルのことをザッと説明する。

「世界そのものを吸い込む虚無、ですか。……にわかには信じがたいですね」

「だろうな」

「ですが、他ならぬコウさんの仰《おっしゃ》ることです。それに、空が紫色に染まるなんて異常現象が起きているわけですから、すでにワタシごときの常識など通用しない状況なのでしょう」

そう言ってジェス支部長は頷いた。

どうやら納得してくれたらしい。

「ただ、すべてをフォートポートの人々に説明するとかえって不安を煽《あお》るかもしれません。ひとまず、強大な魔物が王都に出現していること、その余波で空が紫色に染まっていること、これら二点だけを人々に説明しようと思います」

「ああ、それがいいだろうな」

オクト王もそうしていたわけだし、ゾグラルのことは詳しく述べずに「強力な魔物」としておくのが、現状では最適解となる「公式発表」だろう。

「とはいえ、ただ魔物が退治されるのを待つ、というだけでは人々も不安に押し潰《つぶ》されてしまうかもしれません。……ワタシたちに手伝ってほしいことがある、という話でしたが、ぜひ、協力させていただければ幸いです」

ジェス支部長は力強くそう言った。

なかなかに頼もしい。

「ありがとう。じゃあ、聞いてくれ」

そう前置きして、俺は思いの籠った品を集めていることを伝えた。

ジェス支部長の返事はというと、かなり色好《いろよ》いものだった。

「承知しました。フォートポート支部の総力を挙げて、コウさんのお手伝いをさせていただきます。ところで、思いの籠った品はいつまでに集めればよろしいでしょうか」

「結界もそう長くもちそうにない。明日の正午までに頼む」

「なかなか急ですね」

ジェス支部長は苦笑しながら肩を揺らした。

「ですが、やってみせましょう。世界が滅びるかどうかの瀬戸際ですからね」

「助かる。それじゃあ俺たちはスリエに行くよ」

「馬車の手配は……いえ、コウさんでしたら不要ですね」

「ああ。気持ちだけ貰っておくよ」

そして俺はアイリスを連れて支部長室を出る。

階段を下りてロビーに向かうと、冒険者たちがワッと声をかけてくる。

「支部長室の話、ちょっと聞こえてたぜ！　王都にすげえ魔物が出たんだろ!?」

「俺たちにも協力できることがあるんだってな！　街を救ってもらった恩もあるからな、全力で手を貸すぜ！」

「頑張ってくれよ、《竜殺し》！　それに、竜人族のねーちゃん！」

俺たちは冒険者たちの勢いに圧倒されつつ、建物の外に出る。

「……すごい熱気だったわね」

アイリスが肩をすくめて言った。

「胴上げでも始まりそうな雰囲気だったわ」

「確かにな。じゃあ、次に行くか」

それから俺は再び【時空支配】を発動させる。

《神速の加護ＥＸ》を発動させると、アイリスと共に飛翔《ひしょう》してスリエに向かう。

そういえばスリエの支部長とは面識がないんだよな。

領主のメイヤード伯爵はまだ街にいるのだろうか。

ひとまず屋敷の近くに降りて《神速の加護ＥＸ》を解除する。

それから門のところに行くと、見張りの騎士が立っていたのでメイヤード伯爵がいるか、と訊《たず》ねてみたところ、こんな答えが返ってきた。

「はい。伯爵はまだ屋敷に滞在中です。《竜殺し》殿がいらっしゃったとなれば大いに喜ぶことでしょう。少々お待ちください。お伝えしてまいります」

騎士はそう言ってタタタタタッと屋敷のほうへと向かっていった。

「なんだか、さっきと似たような展開ね」

アイリスがクスッと笑いながら言う。

「でも、話が早そうで助かるわ」

「ああ、ありがたい話だよな。……スリエといえば、温泉か」

「またゆっくりと入りたいわよね」

「ああ。あと、ここの名物はなんだったっけな。ビンゴをやったのは覚えてるんだけどな」

「名物はホテップね。スープ料理で、店によって色々と味付けが違ったはずよ」

「ああ、それだ。まだ全部を制覇してないし、食べ歩きをしたいよな」

「あと、キャルの実家のケーキ屋も行きたいわね」

キャルというのはＤランク冒険者の女性で、いつも明るい雰囲気だったのを覚えている。

彼女はいまどこにいるのだろう。

そんなことを考えていると騎士が戻ってくる。

「伯爵がお会いになるそうです。どうぞ、お入りください！」

以前は呪いのせいで憔悴《しょうすい》していたメイヤード伯爵も、今ではすっかり元気を取り戻していた。

態度も堂々としたものになっており、いかにも頼りがいのある領主、といった雰囲気を漂わせている。

「おお、コウ殿！　久しぶりだな」

「お久しぶりです、伯爵」

互いに再会を喜んだあと、俺はゾグラルについて説明し、人々の思いの籠った品を集めてくれるようにお願いする。

幸い、メイヤード伯爵はすぐに快諾してくれた。

「あい分かった。……世界の危機となれば手を貸さんわけにはいかん。スリエでもコウ殿の名は知られておる。人々もきっと快く思い出の品を提供してくれるであろう」

「よろしく頼みます」

それから俺たちは伯爵の元を去り、続いてトゥーエへと向かうことにした。

その途中、新ザード大橋が見えた。

「あの橋って、コウが架け直したのよね」

「ああ、懐かしいな」

「本当に行く先々で色々なことをしてるわよね。トゥーエでもデビルトレントを倒してるし」

「リリィと出会ったのもそのときだったな」

「ええ。あのときに比べると、リリィちゃん、明るくなったわよね」

「ああ、いい傾向だよな」

そんな話をしているうちにトゥーエに辿り着く。

ギルド支部長のポポロさんは俺たちの姿を見ると、ポロポロと涙を流して再会と無事を喜んでくれた。

「ええ、分かりました！　一日もあれば十分です。街じゅうから思い出の品を集めてみせましょう！」

よし。

それじゃあ、次はオーネンだな。


そうして俺とアイリスがオーネンの上空に到着した直後のことだった。

紫色の空に何度か稲光が走った。

何があったんだ。

俺は思わずその場に停止して王都のほうに視線を向けていた。

当然、ここからはかなりの距離があるので何も見えない。

「いまの稲光、なんだか不吉よね」

アイリスが俺の近くにやってきて言った。

「王都に戻ったほうがいいんじゃない？　オーネンの冒険者ギルドにはあたしから話をしておくわ」

「頼んでいいか？」

正直なところ、妙な胸騒ぎがする。

「ええ、大丈夫よ。それじゃあ、またね」

「ああ、またな」

アイリスがオーネンの冒険者ギルドの前に降り立ったのを確認すると、俺は彼女への《神速の加護ＥＸ》を解除する。

それから王都のほうへ向けて、全速力で移動を開始した。

風を切り、音速の壁を突き破り、前へ、前へ。

やがて海を越え、遠くに王都が見えてくる。

空にはゾグラルの姿があった。

魔力がかなり減少していたため、フライングポーションを飲んでから【時空支配】を解除する。

フライングポーションの効果によって飛行状態を維持しつつ、ゾグラルへと近づいていく。

その全身を包む黄金色の結界は依然として健在だったが、一ヶ所だけ亀裂が入っていた。

緊急事態です。

強欲竜の結界が破られつつあります。

ゾグラルは一ヶ所に力を集中させることで結界を突破しようと試みているようです。


かなりマズいな。

どうしたらいい？


ゾグラルを抑え込む方法を検索します。

……検索完了。

コウ・コウサカが時空支配能力を手にしたことで、新たなレシピが解放されました。

レティシア・ディ・メテオールが拳につけているグローブ、リリィ・ルナ・ルーナリアの持つユグドラシルの弓について、それぞれ指定のレシピで【創造】を行うことで、ゾグラルの力を抑え込む武器を生み出せます。

ただし、両名ともがゾグラルの内部に突入した上で、武器の力を行使しなければ効果は発揮されないでしょう。


なんだって？

思いがけぬ返答に俺が驚いている、そのときだった。

「コウ様！」

「コウさん！」

レティシアとリリィの声が聞こえた。

レティシアはフライングポーションの力で、リリィは戦神の力でそれぞれ空を飛んでおり、素早く高度を上げて俺のところにやってくる。

「さっきの稲光を見て、嫌な予感がしましたの」

「何か、ありましたか」

「ああ。あれを見てくれ」

俺はそう言って結界のヒビを指さす。

「予定よりも早く結界が破られるかもしれない」

「マズいですわね」

「ゾグラルを抑えることはできませんか」

「……それは……一応、無理じゃない」

俺は答えることに躊躇《ためら》いを覚えていた。

なぜなら二人にはあの結界の中、つまりはゾグラルの内部に入ってもらう必要があるからだ。

レティシアとリリィの二人だけを危険な場所に飛び込ませることに俺は抵抗を覚えていた。

困っていると、レティシアがこちらに両手を伸ばして、俺の顔を左右から挟んできた。

「コウ様、言いたいことがあるけれどどうまく言えない、といった感じですわね」

ふふ、とレティシアが笑いながら言う。

「わたくしたちは仲間でしょう？　遠慮なく言ってくださいまし。それとも、わたくしたちはそんなに頼りなく見えましまして？」

「コウさん、教えてください」

リリィがまっすぐな視線をこちらに向けてくる。

……そうだな。

二人だって、ここまでの戦いに立派についてきた仲間だ。

もっと信用したっていいはずだ。

俺は意を決して、【フルアシスト】の告げた内容を説明する。

「なるほど、承知しましたわ。わたくしは構いませんわよ」

「わたしたちの出番、ということですね」

「……二人とも、いいのか。危険だぞ」

「そんなこと、ゾグラルと戦うと決めたときから覚悟していますわ」

「それに、後からコウさんが来るんですよね」

「ああ」

俺はリリィの言葉に頷く。

「ゾグラルを倒すためのアイテムが完成したら、すぐに駆けつける」

「でしたら問題ありませんわ」

「わたしたちが力尽きる前に来てくれるって、信じてます」

レティシアとリリィはまっすぐに俺を見つめて頷いた。

二人とも決意は揺らがないようだ。

ここは、俺も腹をくくるところだな。

「レティシア、リリィ。二人の覚悟は受け取った。やれることを全力でやろう」

俺はレティシアからグローブを、リリィからユグドラシルの弓を受け取ると、それぞれを【アイテムボックス】に収納する。

直後、脳内にレシピが浮かんだ。

レティシアのグローブ×一　＋　魔神竜の竜核×一　＋　魔神竜の鱗《うろこ》×一　↓　ヤルングレイプル×一
ユグドラシルの弓×一　＋　戦神の宝玉×一　↓　開闢《かいびゃく》弓《きゅう》ユグドラシル×一
魔神竜の竜核は、魔神竜の死骸を【解体】にかけることで入手できる。

【解体】は今さら説明するまでもないだろうが、【アイテムボックス】内の魔物の死骸を解体してくれるスキルだ。

すぐに発動させると、魔神竜の死骸は骨髄や皮膚、そして竜核に分割された。

俺はグローブと弓をそれぞれ【アイテムボックス】に収納する。

まずはレティシアのグローブを対象にして【創造】を発動させた。

ヤルングレイプル：レティシア・ディ・メテオールのグローブに魔神竜の力を付与し、さらに、疑似的な時空支配能力を持たせたもの。グローブそのものがゾグラルへの強い抵抗の意志を持っている。
付与効果：《ミョルニルEX》《偽・時空の支配者A＋》《逆襲S＋》《虚無に抗《あらが》う者EX》

《ミョルニルEX》というのはレティシアの傲慢竜としての力を強化するもので、疑似的なブレスを手から放つことができる必殺技だ。

イメージとしては俺の【煌々たる竜の息吹《シャイニングブラスター》】と似たようなものだろう。

《偽・時空の支配者A＋》は装着者に疑似的な時空支配能力を与え、《逆襲S＋》は魔神竜の【因果逆襲】を反映させたもので、自分が受けた攻撃を吸収し《ミョルニルEX》の威力に上乗せするらしい。

《虚無に抗う者EX》はゾグラルの力を抑え込む効果のようだ。

ヤルングレイプルを【アイテムボックス】から取り出してみると、魔神竜の黒い鱗を纏ったグローブが出てきた。

いかにも強そうなデザインだ。

「なかなか格好いいですわね」

レティシアは満足そうに頷いている。

「約束を守ってくださって感謝していますわ」

「そういえば、武器を作ってほしい、って言ってたな」

「ええ。これでゾグラルをとっちめてやりますわ」

「あまり無理はするなよ」

俺はそう言ってヤルングレイプルをレティシアに手渡す。

次はリリィの武器だな。

俺はユグドラシルの弓を対象として【創造】を発動させる。

開闢弓ユグドラシル：ユグドラシルの弓を強化し、さらに、疑似的な時空支配能力を持たせたもの。弓そのものがゾグラルへの強い抵抗の意志を持っている。
付与効果：《戦神の極射S＋》《戦神の加護S＋》《虚無に抗う者EX》《偽・時空の支配者A＋》

《戦神の極射S＋》はリリィの魔力を矢に変換して放つもので、原理としては魔剣グラムの《戦神の斬撃S＋》と同じらしい。

《戦神の加護S＋》はリリィの魔力をさらに引き上げるほか、《虚無に抗う者EX》と《偽・時空の支配者A＋》はヤルングレイプルと同じ効果のようだ。

開闢弓を【アイテムボックス】から取り出してみると、形はユグドラシルの弓とほぼ同じだったが、色が純白に変わっており、神々しい輝きを纏っていた。

「きれい、です」

リリィは弓を眺めながら感嘆のため息をついた。

「コウさん、ありがとうございます」

「いや、こっちこそ無理をさせてすまない。……【フルアシスト】の話じゃ、二人の力でゾグラルが結界を突破するのを遅らせることができるらしい」

俺がそう告げると同時に、脳内に【フルアシスト】の声が響いた。


具体的な手順についてはこれから両者の脳内にインストールを行います。

それぞれの頭に手を置いてもらっていいですか。


分かった、ちょっと待ってくれ。

【フルアシスト】から聞いた内容を伝えると、二人は快く頷いた。

「つまりわたくしたちへの餞別《せんべつ》に頭を撫でる、ということですわね」

「いや、違うぞ」

「まあ、それは冗談として」

レティシアはクスッと笑いながら言う。

「ここからの動きを説明していただけるのは助かりますわ。では、どうぞ」

「わたしも、大丈夫です」

レティシアとリリィは少しだけ前かがみになってこちらに頭を向ける。

じゃあ、やるか。

俺は左手をリリィの頭に、右手をレティシアの頭に置いた。


では、高速インストールを行います。

……完了しました。


相変わらず早いな。

俺が驚いていると、レティシアとリリィが声をあげた。

「ひゃっ!?」

「きゃっ!?」

二人とも、高速インストールの情報量に驚いているらしい。

「……なんだか不思議な感覚ですわね」

「頭の中に、いっぱい文字と映像が流れ込んできました」

「大丈夫か？」

「問題ありませんわ。むしろ、ここからすべきことがはっきりしてスッキリしましたわ」

「はい。……それでは、そろそろ行ってこようと思います」

「……分かった。気をつけてくれ」

「もちろんですわ。では、必ず迎えに来てくださいませ」

「コウさんのこと、信じてます」

そして二人は結界のほうに向かうと、そのヒビの隙間《すきま》からサッと中に入っていった。

ほどなくして――

結界から漏れていた稲光が収まり、ヒビも塞《ふさ》がっていった。

……二人は今頃、強欲竜と共にゾグラルに抗っているのだろう。

すまない。

そして、ありがとう。


推定ですが、明日の夜までは結界がもつと考えられます。

タイムリミットはおよそ三十時間です。


了解だ。

とはいえ時間が経てば経つほどレティシアやリリィの負担が増えるわけだし、ゾグラルを倒すためのアイテムが完成したら予定を前倒ししてでも駆けつけるとしよう。

賛成です。

わたしも、彼女たちに無理をさせていることを心苦しく感じています。


その後、結界が再び割れるようなことはなかった。

俺は心の中でもう一度だけレティシアとリリィの無事を祈りつつ、その場を離れた。

【オートマッピング】を発動させ、アイリスの位置を検索する。

彼女はすでにオーネンを離れ、王都に向かいつつあるようだ。

俺は《神速の加護ＥＸ》を発動させると、一気に加速した。

海をひとっ飛びに横断したところで、遠くにアイリスの姿が見えた。

ひとまず《神速の加護ＥＸ》を解除し、アイリスに向かって手を振る。

彼女はすぐにこちらにやってきた。

「コウ、どうだった？」

「実は……」

俺は結界にヒビが入っていたこと、そしてレティシアとリリィがゾグラルの内部に先行したことを伝える。

「分かったわ。……なんだか、申し訳ないわ」

アイリスは目を伏せながら呟いた。

「二人に負担をかけているぶん、あたしたちも頑張らないとね」

「ああ、そうだな。……とりあえず、王都に戻るか」

「ええ、そうね」

俺たちは頷き合うと、王都のほうへと進路を取った。

それから《神速の加護EX》を発動させようとしたところで――


怠惰竜から念話、いわゆるテレパシーが来ています。

マホロス島に寄ってほしいそうです。


脳内に【フルアシスト】の声が響いた。

怠惰竜……タイダルからの連絡が来たらしい。

というか、テレパシーなんか使えたんだな。


前回の召喚によってコウ・コウサカと怠惰竜のあいだに思念のラインが構築されたようです。


なるほどな。

それにしても、何の用事だろうか。

「アイリス、ちょっと寄り道していいか」

「ええ、もちろんよ」

アイリスは頷くとさらに言葉を続ける。

「コウのことだから、ただの寄り道じゃなくて、必要なことなんでしょう？」

「ああ。事情は移動中に説明する」

そして俺は《神速の加護ＥＸ》を発動させ……ようとして、ふと、思いつく。

「コウ、どうしたの？」

「【時空支配】にはワープの能力もあるんだ。少し、使ってみてもいいか」

「ええ。明日に備えて機能を試しておくのね」

「そのとおりだ」

というわけであらためて【時空支配】を発動させる。

頭の中には自分自身を上空から眺めているような俯瞰《ふかん》視点の映像が浮かんだ。

ここから百メートル先の地点を指定し、自分とアイリスのワープを念じる。

直後、フッ、という浮遊感とともに周囲の風景が切り替わった。

どうやらワープに成功したらしい。

「なんだか不思議な感覚ね」

アイリスが周囲を見回しながら言う。

「移動した実感がないわ」

「俺もだ」

ワープの前後はコンマ数秒だが動きが止まるし、移動先の指定で気が逸《そ》れる。

このあたりは慣れていけばカバーできるだろうか。

ひとまず、マホロス島まではワープの繰り返しで移動してみよう。


それから何度もワープを繰り返し、俺たちはマホロス島の上空に到達した。

さすがに俺もワープ慣れしてきたのか、前後のタイムロスはなくなってきた。

下を見ればタイダルの姿があった。

今回は人間の姿となっており、人の好《よ》い笑みを浮かべてこちらに手を振っている。

俺たちはゆっくりと高度を下げて着陸した。

「おお、コウ殿、アイリス殿。よく来てくれた」

「昨日は手を貸してくれて助かったよ、ありがとう」

「そういえばタイダルも一緒に戦っていたのよね」

「うむ、コウ殿の魔力を借りて竜の姿になっておった。……さて」

タイダルはコホンと咳払《せきばら》いをすると、俺に視線を向けた。

「ワシの固有能力は【千里眼《せんりみん》】、寝ているあいだの出来事なら何であろうと把握できる。……ゾグラルに意志があって、まさか自滅を望んでいたとはのう」

「ああ、俺も驚きだったよ」

「ワシやレティシア嬢が大災厄ではなく、大災厄の力を宿した人間としてこの世界に生まれたのも、ゾグラルの意志によるものかもしれんのう」

「可能性はありそうだな」

「実際、こうしてワシらはゾグラルの打倒に動いておる。向こうにしてみれば願ったり叶《かな》ったりといったところじゃろう」

タイダルはそう言って頷くと、さらに言葉を続ける。

「これも【千里眼】で知ったことじゃが、コウ殿は思いの籠った品を集めておるようじゃの。ワシも協力させてくれ」

そう言ってタイダルが差し出したのは、トナカイを象《かたど》ったペンダントだった。

「亡き妻の形見じゃ。こいつも素材に使ってくれ」

「いいのか？」

「思いが籠っておるほうがええじゃろう。第一、世界が滅びてしまっては形見も何もないからな」

それに、とタイダルは続ける。

「フォートポートの街そのものが、ワシにとっては妻の忘れ形見じゃ。あの街が残っておればそれでよい」

タイダルはもともと人間として暮らしていて、フォートポートのジェス支部長はその子孫にあたる。だからこそ街を守りたいという気持ちも強いのだろう。

「それから、これも役に立つじゃろう」

そう言ってタイダルが取り出したのは、何かの動物の毛皮だった。

「これは？」

「スリーピングシープの毛皮じゃよ。決戦も近い。気が高ぶって眠れんこともあるじゃろう。そういうときはコイツを首に巻くとよく眠れる、という言い伝えがあるんじゃ」

なるほどな。

確かに、昨日は疲れていたからよく眠れたが、今日はちょっとどうなるか分からない。

睡眠不足のまま決戦に臨むわけにはいかないからな。

「分かった。ありがたく受け取らせてもらう」

そう答えて毛皮を受け取り、【アイテムボックス】に収納する。

「気を遣わせてすまない」

「いいんじゃよ。まあ、その代わりといってはなんじゃが、ワシの話に少し付き合ってくれんか」

「俺は別に構わない。アイリスはどうだ？」

「あたしも大丈夫よ。あとは思い出の品が集まるのを待つだけだもの」

「あい分かった。では、歩きながら話すとしよう」

タイダルはそう言って歩き始めた。

俺たちはその後ろをついていく。

「それにしても、コウ殿も随分成長したのう」

「何の話だ？」

「リリィ嬢とレティシア嬢の二人をゾグラルのところへ先に行かせたことじゃよ。以前のコウ殿なら絶対に反対しておったじゃろう」

「確かにそうよね」

俺の隣でアイリスが頷いた。

「とにかく自分ひとりに負担を集中させたがるクセがあったものね」

「……否定はしない」

「共に旅をすることで、仲間を信頼する、という気持ちが芽生えたのじゃろう。……コウ殿、今度の戦いでは、他にも多くの者がオヌシに力を貸そうとしておる。もちろん、ワシもな。そのことを忘れるでないぞ」


その後、俺たちはタイダルの元を去り、王都へと戻った。

再びブラズニルの甲板に降り立つ。

船内に入って壁掛けの時計を見ると、午後七時を回っていた。

「なんだかんだで結構時間がかかったわね」

「ああ。とりあえず夕食にするか」

そんな話をしていると、船内の廊下の向こうからミリアとスララがやってくる。

「あっ、コウさん、アイリスさん！　ちょうどいいところに！」

「おせわスライムのみんなから伝言だよ！　夕食の準備ができたよ！　……あれ、レティシアおねえさんとリリィおねえちゃんは？」

「ああ、それは――」

俺は強欲竜の結界が壊れつつあったこと、それを抑えるためにリリィとレティシアの二人が先にゾグラルの内部に向かったことを伝えた。

「そんなことがあったんですね……」

「そっか……」

スララは少し寂しそうに呟いたあと、ニコッと笑顔を浮かべて言った。

「だったら、たくさん食べて、はやく迎えに行ってあげないといけないね！」

「そうだな」

俺はその場に膝をつくと、スララの頭をポンポンと撫でた。

「とにかく食事にしよう。どこに行けばいい？」

「船内レストランだよ！　ご馳走《ちそう》がいっぱいあるよ！」


「マスターさん、アイリスおねえさん、ミリアおねえさん、いらっしゃいませ！」

「ごはん、いっぱい食べてね！」

「明日のエネルギーにしてね！」

船内レストランに足を踏み入れると、たくさんのおせわスライムが俺たちを出迎えてくれた。

メニューは肉、魚、野菜、フルーツ何でもござれで、本当に豪華なビュッフェスタイルだった。

俺たちは思い思いに料理を取るとテーブルに着いた。

「うまいな。……リリィやレティシアも一緒に食べられたらよかったんだけどな」

「それは戦いが終わったら、ですね！　しっかり食べさせてあげてください！」

「ゾグラルを倒したら、打ち上げだよ！　もっと豪華なごはんを用意するよ！」

「ふふっ、楽しみね」

アイリスは微笑《ほほえ》みながらそう言ったが、表情にはどこか暗い影が差している。

リリィもレティシアもいないわけだから、当然といえば当然だよな。

とはいえ、ここで落ち込んでいても二人の無事が保証されるわけでもない。

気持ちに区切りをつけて、しっかり栄養を取っておくべきだろう。


食後、俺はミリアを見送るためにブラズニルの外に出た。

「この後はどうするんだ？」

「冒険者ギルドの本部に戻ります。まだ少しだけ業務が残っているんですよね」

「送っていこうか？」

「いえ、大丈夫ですよ。騎士さんたちが迎えに来てくれることになってますし」

そんな話をしていると、数名の騎士がこちらにやってくる。

「ミリア様ですね。オクト王の命《めい》によりお迎えにあがりました」

「すごいな、騎士が迎えに来るなんて」

「王様の配慮ですよ、ね」

「はい」

ミリアの言葉に騎士の一人が頷く。

「ミリア様の身に何かあれば、コウ様の心も穏やかではないでしょう。それではゾグラルとの戦いに響く……ということで、我々がミリア様の送迎を仰せつかっております」

なるほどな……。

俺が納得していると、ミリアが空を――結界に包まれたゾグラルを見上げて言った。

「リリィさんもレティシアさんも頑張ってますからね。戦えない分、わたしもこっちで頑張りますよ！　コウさんもアイリスさんも、今日はゆっくり休んでくださいね！」

「ああ。そうさせてもらうよ」

「ええ、そうね」

「なんだか二人とも、あんまり休めなさそうな雰囲気ですね……」

まあ、確かにな。

どれだけ気持ちを切り替えようとしても、このままでいいんだろうか、という思いが首をもたげてくる。

「だいじょうぶだよ！」

元気よく声をあげたのはスララだ。

「マスターさんもアイリスおねえさんもちゃんと休めるように、ぼくたちおせわスライムがしっかりおせわするよ！」

「ふふっ、それなら安心ですね」

ミリアは微笑むと、スララの頭を撫でた。

「では、失礼します。二人ともおやすみなさい」

「ああ、おやすみ」

「またね、ミリア」

ミリアはそう言うと、騎士たちとともにブラズニルを離れていった。

俺たちはその様子を見送るとブラズニルの船内に戻った。

「ああ、ここからは自由行動にするか」

「そうね、そうしましょう。部屋は、前と同じところを使えばいいかしら」

「そうだな。じゃあ、またな」

「ええ、またね」

「ぼくは、レストランの片付けをお手伝いしてくるね！」

というわけで、俺、アイリス、スララはそれぞれ別行動となった。

俺はブラズニル船内にある個室へと向かう。

以前、フォートポートから王都へ行くときに使っていた部屋だ。

……まあ、迎賓館に戻ればいいという話もあるが、いざというとき、ブラズニルの船内にいたほうが対応しやすいからな。

それに、盛大に送り出してもらった関係上、今さら迎賓館に戻るのも微妙な感覚がある。

個室に入るとシャワーを済ませ、部屋のソファに腰掛ける。

時計を見れば夜の十時を回っていた。

明日は正午頃にあちこちの街を回って思い出の品を回収することになっている。

それまでにできることは……そうだ。

久しぶりの【創造】タイムといこう。

このところあちこちを駆けまわっていて、ゆっくりと持ち物を検討する暇がなかったからな。

ベッドに寝転がり、【アイテムボックス】に意識を向けると、いくつかレシピが浮かんでいる。

新しいものもあるな。

どうやら【時空支配】を手に入れたことによって解放されたレシピもあるらしい。

まずは――

三帝竜の腕輪×一　＋　破震の黄竜の死骸×一　↓　四帝竜の腕輪×一

このレシピからだな。

黄竜は土属性っぽい雰囲気だから、これで炎、氷、風、土の四属性が揃うのだろう。

早速やってみよう。

四帝竜の腕輪：炎帝竜、氷帝竜、風帝竜、地帝竜の力を封じた腕輪。装備者は炎魔法、氷魔法、風魔法、土魔法について最上位の適性を与えられる。【創造】を所有している場合、《魔法生成EX》《元素分解EX》が発動可能となる。
付与効果：《四帝の後継者EX》《専用装備S＋》《魔法生成EX》《元素分解EX》

土魔法が使えるようになるのは予想どおりで、それによって《魔法生成EX》にも土の要素が加わったが、それよりも注目したいのは《元素分解EX》だ。

魔力を消費することにより手に触れたものを元素に分解し、消滅させることが可能らしい。

まさに必殺技だな。

最終決戦に向けて強力な装備が揃ってきた感覚がある。

次のレシピはこれだ。


パンチラビットのパジャマ（男性用）×一　＋　スリープシープの毛皮×一　＝　ぐっすりパジャマ×一　（男性用）

以前にパンチラビットの毛皮からパジャマを作ったが、タイダルから貰ったスリープシープの毛皮を加えることで、より質の高い睡眠を得られるアイテムが作れるようだ。

今日は寝るのに時間がかかりそうだし、作っておこうか。

ぐっすりパジャマ（男性用）：パンチラビットとスリープシープの毛皮を豪勢に使ったパジャマ。纏った者を深い眠りへと誘《いざな》う。
付与効果：《肌触りS＋》《睡眠導入S》《安眠S＋》《疲労回復S＋》

おお。

かなり付与効果が多いな。

パンチラビットのパジャマは《肌触りA＋》だったからそこからさらに向上していることになる。さらに《睡眠導入S》と《疲労回復S＋》が増加していた。

ちなみにこれは男性用だが、以前にアイリスに渡したパンチラビットのパジャマ（女性用）も、スリープシープの毛皮を用いて【創造】することで、ぐっすりパジャマ（女性用）に変換することが可能らしい。

……とはいえ、今からアイリスの部屋を訪ねて「パジャマを【創造】させてくれ」と言うのもなんだか変だよな。

そんなことを考えていると、脳内に【フルアシスト】の声が響いた。

アイリスノート・ファフニルのアイテムについて提案があります。

色欲竜の素材と聖竜槍《せいりゅうそう》フィンブルから新たな武器を作ることが可能です。

そうなのか？

だとしたら、パジャマのことはさておき武器についてては相談しておきたいところだ。

俺はベッドから飛び起きると、部屋のドアを開けようとした。

すると、ちょうどそのタイミングでコンコン、コンコン、とドアがノックされた。

「コウ、起きてる？」

「ああ。ちょうどアイリスに用事があったんだ。今開ける」

「えっ、あたしに？」

「アイテムのことでな」

俺はそう言ってドアを開けた。

そこにはアイリスが立っていて、風呂上がりらしく、肌がうっすらと上気していた。

……きれいだな。

素直にそう感じる。

「コウ、どうしたの」

おっと。

ついついぼんやり見惚《みと》れてしまっていた。

俺は我に返ると、聖竜槍の強化について伝えた。

「分かったわ。確かに今のままじゃゾグラルとの戦いには不安があるし、強化をお願いしたいところね」

「ああ。……というか、立ち話も何だ。入ってくれ」

「ええ、そうするわ」

というわけで俺はアイリスを部屋に招き入れる。

俺たちは部屋の長ソファに並んで腰掛けた。

「とりあえず、フィンブルを貸してもらっていいか」

「そうね」

アイリスはそう言ってポーチからフィンブルを取り出す。

俺はそれを受け取ると、ひとまず【アイテムボックス】に収納した。

その後、色欲竜の死骸を【解体】にかけると、魔神竜のときと同じく、鱗や竜核などが得られた。

そして、脳内にレシピが浮かぶ。

聖竜槍フィンブル×一　＋　色欲竜の竜核×一　→　無限槍フィンブル・ミーミル×一

無限槍？

なんだかすごそうな名前だな。

とにかく【創造】してみよう。

無限槍フィンブル・ミーミル：コウ・コウサカによって【創造】された新たな槍。色欲竜の固有能力である【増殖】を内蔵しており、魔力が続く限り、同種の槍を生み出し、武器として用いることができる。別名「無限槍グングニル」。
付与効果：《複製生成ＥＸ》《飛翔ＥＸ》《絶対凍結ＥＸ》《事象崩壊ＥＸ》《極・竜神結界ＥＸ》《真・竜神の加護ＥＸ》《偽・時空の支配者Ａ＋》

ＥＸだらけだな……。

《複製生成ＥＸ》は魔力を消費することでグングニルを生み出し、それは《飛翔ＥＸ》によって自動的に敵へと向かっていく。

その際《絶対凍結ＥＸ》によって敵の動きを止めるため、攻撃は絶対に当たるようだ。

北欧神話におけるグングニルは「投げれば必ず敵に当たる」と言われているが、この世界のグングニルは敵を氷漬けにすることで命中性能を確保するらしい。

さらには凍結の力を暴走させることで槍ごと敵を消滅させる《事象崩壊ＥＸ》も付与されている。

結界については以前よりも強化されているようだ。

また、レティシアやリリィの武器と同じく《偽・時空の支配者Ａ＋》が付与されている。

ともあれ、最終決戦を前にして心強い武器ができたことは間違いないだろう。

俺は【アイテムボックス】からフィンブル・ミーミルを取り出す。

フォルムはフィンブルのころよりも少し鋭角的になっている。

いかにも強化された、って感じだな。

俺は効果についてアイリスに説明してから槍を渡す。

「ありがとう。……これがあれば、ゾグラルにも対抗できるかしら」

「ああ、きっとな」

《偽・時空の支配者A＋》があるからゾグラルと近い次元で戦えるはずだ。

俺はそう言ってぐっすりパジャマの女性用について話す。

「あと、もう一つだけレシピがあるんだ」

するとアイリスは「ちょうどよかったわ」と言った。

「実は寝られそうになくて困ってたの。作ってもらってもいいかしら」

アイリスはそう言って今度はポーチからパンチラビットのパジャマ（女性用）を取り出した。

それから俺に手渡そうとして「あっ」と声をあげる。

「ちゃんと洗ってあるから、安心してちょうだい」

「……ああ」

それは大事なことなのだろうか。

そもそも【アイテムボックス】に入れた時点でクリーニングされるんだけどな。

ともあれパジャマを収納し、【創造】を発動させる。

ぐっすりパジャマ（女性用）：パンチラビットとスリープシープの毛皮を豪勢に使ったパジャマ。

纏った者を深い眠りへと誘う。
付与効果：《肌触りS＋》《睡眠導入S》《安眠S＋》《疲労回復S＋》

よし、完了だ。

説明文も付与効果も、俺の持っている男性用と同じだ。

【アイテムボックス】からパジャマを取り出して、アイリスに渡す。

「これを着ればよく眠れるはずだ」

「ありがとう。それじゃあ、ええと」

ん？

アイリスはなぜか部屋をキョロキョロと見回している。

「もう少しだけここにいていいかしら。その、もう眠いなら無理にとは言わないけど」

「いや、大丈夫だ。どうした？」

「ううん。ちょっと話ができたらな、って思ったの」

「それなら大歓迎だ。どっちみち、明日は正午まで動きようがないからな」

「そうよね。……あたしたち、ずいぶん遠くに来たわよね。距離的にも、それ以外の意味でも」

「ああ」

俺はアイリスの言葉に頷く。

「オーネンを出たときは、こんな大事《おおごと》に巻き込まれるとは思ってなかったよ」

「本当にびっくりよね。コウがただ者じゃないことは分かっていたけど、想像以上だったわ」

「俺も驚いてるよ。……自分自身の仇《かたき》を討つためにも、ゾグラルには負けられないな」

「そうよね。……ところで、コウ」

「どうした？」

「ゾグラルを倒すための準備が整ったら、戦いに出発するのよね」

「ああ。たぶん明日の夕方だな。……あまり長引かせると、リリィやレティシアが心配だ」

「そういう意味じゃ、もう、最後の戦いまで一日を切ってるのね」

「そうなるな」

「怖くないの？」

「そういう感覚はあんまりないな。やるべきことはやったんだし、あとは全力を尽くすだけ、ってところだ」

「コウは強いのね」

アイリスはそう言って、俺のほうに少しだけ身体を傾けた。

ふわり、とシャンプーの香りが漂ってくる。

「ねえ、コウ。あたし――」

と、アイリスが何かを言いかけたときだった。

――コンコン、コンコン。

誰かが、ドアをノックした。

「マスターさん、おきてる？　ぼくだよ。おせわスライムのみんなもいるよ」

この声はスララか。

いったいどうしたのだろう。

俺とアイリスは顔を見合わせる。

「とりあえず、出てくる。アイリス、今、何を言おうとしたんだ」

「ええと……」

アイリスはなぜかアワアワした様子で口籠《くちごも》る。

「な、なんでもないわ」

「そうか？　まあ、何かあったら後で言ってくれ」

俺はそう答えてソファから立ち上がると、ドアを開ける。

そこにはスララと、大勢のおせわスライムたちの姿があった。

「マスターさん！　ぼくたち、安眠を届けに来たよ！」

スララが満面の笑みで宣言する。

それに引き続いて、おせわスライムたちが言った。

「ぷにぷに、もちもちの、おせわスライムふとん！」

「あったか、やわらか、すこやか！」

「これで朝までぐっすりぽん！」

ぐっすりぽん？

なんだかよく分からないが、つまり、一緒に寝る、ということだろうか。

それはきっと俺やアイリスを気遣っての提案なのだろう。

ありがたい話だ。

「分かった。部屋にはアイリスもいるんだ。皆で寝るか」

「えっ」

スララが驚いたように声をあげた。

「もしかしてぼくたち、お邪魔しちゃった？」

「そんなことはないさ」

俺はそう言ってスララたちを部屋に招き入れる。

アイリスに事情を話すと「それじゃあ、皆で寝ましょうか」と返ってきた。

ひとまずアイリスは部屋に戻ってパジャマに着替えてくることになった。

俺は【アイテムボックス】でパジャマを衣服として指定し、一瞬で着替えを済ませる。

これで寝る準備は完了だな。

そう思って振り返ると、背後では予想外のことが起こっていた。

「みんなで寝るのに、このベッドは小さいよ！　ぼくが呑み込んじゃうね！」

一匹のスライムが、部屋に置いてあったダブルサイズのベッドをペロリと丸呑みにした。

「代わりに、もっと大きなベッドを出すよ！」

別のスライムが、口からポーンとキングサイズのベッドを吐き出した。

そういえばスライムの体内は疑似的な【アイテムボックス】になっているんだよな。

それにしても……。

いつ見てもすごい光景だ。

俺が唖然《あぜん》としていると、パジャマ姿のアイリスが戻ってくる。

「おまたせ、コウ。……どうかしら」

「なかなか可愛《かわい》らしいな」

実際、言葉のとおりだった。

普段は凛々《りり》しい印象のアイリスだが、ふわふわもこもこのファンシーなパジャマもよく似合っていた。

「ふふっ、ありがと。嬉しいわ」

アイリスはちょっと照れくさそうにそう言った。

「じゃあマスターさん、みんなで横になろう！」

というわけで、俺が横になると、その周囲を取り囲むようにスララやおせわスライムたちがやってくる。

その光景を見て、アイリスがクスッと笑った。

「なんだか可愛らしいわね」

「そうか？」

「そうよ。……じゃあ、お邪魔するわね」

アイリスもそう言ってベッドに横たわる。

「それじゃあ電気を消すよー。おやすみー」

「ああ、おやすみ」

「おやすみなさい」

とはいえ、部屋にはアイリスだけじゃなく、スララとたくさんのおせわスライムがいる。

これだけにぎやかなら、寝るのにも時間がかかりそうだな。

ふぁ……。

それにしても、おせわスライムって柔らかくて温かいな。

だんだん眠くなってきたぞ……。

ぐぅ……。


ん……？

眼を開けると、外は薄暗かった。

まだ夜明け前だろうか。

いや、空にはゾグラルがいるから、その影響だろう。

部屋の壁掛け時計を見ると、午前九時を回っていた。

ということは、十二時間近く寝たわけだ。

おかげで今日も身体が軽い。

決戦を前にして、最高のコンディションなのはありがたい。

ベッドを見回すと、おせわスライムたちがすやすやと眠っている。

「くぅ、すぴー」

「むにゃもにゃ……」

「おはねむ……」

そしてアイリスも、スララをギュッと抱きしめて眠っていた。

なかなかに可愛らしい光景だ。

俺は、うーん、と伸びをするとベッドを離れ、シャワールームに向かった。

身体をサッと洗い、【アイテムボックス】からスーツ姿を指定してリビングに出ると、すでにアイリスやスララ、他のおせわスライムたちも目を覚ましていた。

「コウ、おはよう」

「マスターさん！　おはよう！」

「ああ、おはよう。皆もおはよう」

俺が声をかけると、他のおせわスライムたちも声を揃えて「おはよー！」と挨拶を返してくれた。

「それじゃあ、あたしは部屋で着替えてくるわ」

そう言ってアイリスは自分の部屋へと戻っていった。

……よく考えたら、同じ部屋で一緒に寝たんだよな。

まあ、スラライたちも一緒だったけどな。

微妙なこそばゆさを覚えつつ、俺は部屋を出る。

甲板に出て、外の空気を吸う。

「……ふう」

空を見上げると、そこには依然としてゾグラルの姿があった。

結界に異常はない。

リリイ、レティシア、待っててくれ。

すぐに行くからな。

第六話　最終決戦

朝食を済ませると、俺はアイリスを連れて王都を離れた。

フォートポート、スリエ、トゥーエの順番に回り、思いの籠《こも》った品を受け取っていく。

移動手段はもちろん【時空支配】による飛行だ。

行く先々で冒険者や街の人々が出迎えてくれて、俺たちに温かい言葉をかけてくれた。

「詳しいことは分からねえが、とんでもない魔物が出たんだってな！　頑張ってくれよ！」

「ワシらにはこのくらいのことしかできんが、頑張ってくれ、《竜殺し》さん」

「また戦いが終わったら遊びに来なよ！」

こんなふうに言ってもらえるなんて、俺は本当に幸せ者だよな。

戦いが終わったら、勝利の報告に来よう。

最後に向かうのはオーネンの街だ。

昨日は顔を出せなかったから、そこはちょっと申し訳なく思っている。

街に向かうと、ちょうど南門のところにたくさんの荷車が置かれており、大勢の人々が集まっていた。

「《竜殺し》さーん！　久しぶり！」

「他の街でも活躍したんだってな！　噂《うわさ》は聞いてるぜ！」

「黒竜を倒してくれた礼だ！　遠慮なく持っていってくれ！」

そんな声があちこちから聞こえてくる。

地面に降り立つと、向こうからタタタタタッと金髪の女性冒険者……キャルが駆けてくる。

「やっほー！　コウっち、アイりん、ひっさしぶりー！」

相変わらず元気だな。

「話は聞いたよー！　めちゃめちゃヤバいらしいじゃん！　あ、クッキー焼いたから二人で食べなよ！　めちゃうまだから！」

キャルはそう言って小さな包みを渡してくる。

「ありがとう。後で食べるよ」

俺はそう答えて、包みを【アイテムボックス】に入れた。

「それにしても二人は相変わらずな空気だよねー。安定感？　熟年夫婦？　みたいな」

「あたしたち、結婚してないのだけど」

アイリスが苦笑しながら呟《つぶや》く。

その後も互いに近況報告をしていると、向こうから冒険者ギルドのオーネン支部長、ジタンさんがやってくる。

「久しぶりだな。コウくん」

「ご無沙汰してます。昨日は顔を出せなくてすみません」

「気にすることはない。君が忙しい身の上なのはよく知っている」

それからジタンさんは並んでいる荷車のほうを向いて言った。

「これがオーネンの街から出せる品のすべてだ。……足りるだろうか」

「はい。十分です。皆には感謝しています」

俺はそう答えながら荷車をひとつひとつ【アイテムボックス】に収納していく。

それが終わった後、その場にいる全員に向かって告げた。

「皆、今回は急な話にもかかわらず、手を貸してくれてありがとう。本当に助かった。戦いが終わったらまた礼を言いに来させてくれ」

「そんな水臭いことを言うなよ！　《竜殺し》！」

「あんたのホームはここだろ！」

「いつでも帰ってこい！　全員で出迎えてやるぜ！」

ワッと周囲の人々が盛り上がる。

そうして温かい声援を背中に受けながら、俺とアイリスはオーネンの街を離れた。


「皆、コウのことを応援してたわね」

「ありがたい話だよな」

そんな話をしつつ、俺たちは王都へ戻る。

ブラズニルの甲板に降り立つと、ちょうどそこにはスララがいた。

「マスターさん！　王都の人たちからのアイテムは、船の中の儀式場に集めておいたよ！」

「分かった、取りに行くよ。ありがとうな」

「どういたしましてだよ！　回収が終わったら、すぐに出発するのかな？」

「そうだな……」

俺は少し考えてからスララに告げる。

「今は何時だ？」

「午後二時だよ！」

「じゃあ、午後三時の出発にするか」

「分かった！　じゃあ、王さまやミリアおねえさんに伝えてくるね！」

スララはそう言うと、甲板の端に行き、そのまま広場へと飛び降りた。

コロコロと転がりながら、広場の外へと向かっていく。

なんだか可愛《かわい》らしい動き方だな。

俺とアイリスは互いに顔を見合わせて苦笑すると、船内の儀式場へ向かう。

そこにはたくさんのおせわスライムたちが俺を待っていた。

「ようこそ、マスターさん！」

「王都の人たちが持ってきてくれた品は、ここに集めてあるよ！」

「きっと、すごいものができるはずだよ！」

「かもしれないな」

俺はしげしげと儀式場に集まった思い出の品々を眺める。

数としては数万個の規模に達するだろう。

「とりあえず、収納するか」

俺が収納を念じると、儀式場いっぱいに魔法陣が現れる。

そして、一瞬のうちにすべて収納されていた。

「……相変わらず規格外ね」

アイリスが苦笑する。

おせわスライムたちも驚いているらしく、目を丸くして絶句していた。

さて。

ほどなくして脳内に【フルアシスト】の声が響く。

レシピを作成中。

グラム・オリジンをベースとして、これまでに集めた品々を素材とすることで対ゾグラル用の武装を【創造】可能です。

分かった、よろしく頼む。

俺は頷《うなず》いて【創造】を発動させた。

神聖剣グラム：滅亡に抗《あらが》おうとする人々の意思を込めた神聖なる剣。無限にして無尽蔵のエネルギーが内包されている。通常の手段では制御不能。

付与効果：《滅亡に抗う力》

付与効果のランクが付いていないのは計測不能だから……ということのようだ。

実質的にはＥＸより上、といったところか。

【アイテムボックス】から取り出してみると、黄金色の輝きを纏《まと》った大剣が現れる。

「これがゾグラルを倒す鍵なの？」

アイリスの問いかけに俺は頷いた。

「ああ、すごい力だ」

右手に握っているだけだが、ものすごいエネルギーが全身に伝わってくる。

俺は心強さを覚えつつ、神聖剣グラムを【アイテムボックス】に戻す。

さて。

これで準備は完了だ。

俺は儀式場に集まったおせわスライムたちに告げる。

「これからゾグラルの討伐に向かう」

「分かったよ。マスターさん」

「無事に帰ってきてね」

「終わったら、みんなでお祝いだよ！　いまから見送りの準備をするね！」

おせわスライムたちは元気よく返事をすると、ワッと一斉に儀式場を出ていった。

「ねえ、コウ」

アイリスが声をかけてくる。

「結界の中にはどうやって入るの？」

「【時空支配】のワープで結界の中に転移する」

そのあと、しばらく戦いについて打ち合わせを行った後、俺たちは儀式場を出た。

そのまま甲板に向かうと、そこにはスララの姿があった。

「マスターさん、気をつけてね！」

「ああ、分かった」

俺はそう言ってその場に膝をつくと、スララの頭をポンポンと撫《な》でた。

周囲を見回すと、そこには人だかりができていた。

「《竜殺し》さん！　頑張って！」

「無事に帰ってこいよな！」

「どうかお気をつけてー！」

たくさんの声援があちこちから飛んでくる。

「コウさん、晩ご飯までには帰ってきてくださいねー！」

おっ、ミリアだ。

こちらに向けてブンブンと手を振っている。

俺とアイリスは揃《そろ》って手を振り返した。

ミリアの隣には王様がいて、腕組みをしてうんうんと頷いている。

さて。

そろそろ出発なわけだが、王都の人々には思い出の品の提供をしてもらったわけだし、それを使って何を作ったかは見せておいたほうがいいよな。

義理を果たす、というやつだ。

俺は【アイテムボックス】から神聖剣グラムを取り出した。

周囲の人々に向けて、少々演出をしても構いませんでしょうか。


ふと、脳内に【フルアシスト】の声が聞こえた。

よく分からないが、任せてみようか。

俺が頷くと、直後、グラムの刃《やいば》からまばゆいばかりの黄金色の輝きが放たれた。

周囲の人々から「おおっ」という感嘆の声があがる。


それでは人々に対して呼びかけをお願いします。


マジか。

いったい何を言えばいいんだ。

とはいえ無言のまま甲板を立ち去るのも気まずいし、挨拶くらいはしておくべきだよな。

俺は大きく息を吸い込むと、声を張り上げた。

「皆、聞いてくれ！　思い出の品を提供してくれたおかげで、あの空にいる怪物を倒すための武器を作ることができた！　本当に感謝している！　必ず魔物を倒して帰るから、祝勝会の準備をして待っていてくれ！」

それから最後に、グラムを高く掲げた。

直後、刀身がさらに眩《まばゆ》く輝いた。

その光が収まったところで、今度はオクト王が声を張り上げた。
「《竜殺し》コウ・コウサカよ、行くがいい！　勝利の暁《あかつき》には、望むものを何でも与えよう！」
その声はとても厳かで、胸が震えるような響きを伴っていた。
おそらく《カリスマA＋》を発動させているのだろう。
しばらくして、周囲の人々が一斉にワッと声をあげた。
さあ、出発だ。
俺は手を振る人々に笑顔で応えたあと、視線をゾグラルのほうに向ける。
周囲を包む黄金色の結界はいまだ健在だ。
つまり、リリィ、レティシア、そして強欲竜はまだ無事ということだろう。
待っていてくれ。
すぐに行くぞ。
俺はまず【リミットブレイク】の発動を念じた。
直後、全身から黄金色の輝きが溢《あふ》れた。
同時に、魔力が爆発的に上昇していく。
1兆、10兆、100兆――。
続いて【時空支配】の発動を念じる。
意識が拡散するような感覚とともに、俯瞰《ふかん》視点の映像が脳裏に浮かぶ。
俺は自分とアイリスに飛行能力を付与すると、空へと浮かび上がった。

どんどんゾグラルが近づいてくる。

やがて結界が近づいてきたところで、俺はワープを発動させた。

二人で結界の中へと転移する。

それからさらに【時空支配】の能力の一つである、時空間の遮断を行う。

これは【空間遮断】の上位互換となる力で、ゾグラルの吸収を阻むことができる……はずだ。

やがて、こちら側の支配領域がゾグラルの表面に激突しようとした瞬間のことだった——

「なっ……!?」

ゾグラルが、割れた。

まるで花が咲くようにカパッと開いたかと思うと、俺たちを四方八方から包み込もうとする。

「コウ、どうするの!?」

「向こうから迎え入れてくれるんだったら好都合だ。このまま行くぞ」

「分かったわ！」

俺は自分自身とアイリスに《神速の加護ＥＸ》をかける。

そして二人同時に、ゾグラルの内部へと突っ込んだ。

【鑑定】の説明文には、内部は異次元に繋《つな》がっていると書いてあったが、まさしくそのとおりだった。

ゾグラルの内部は無限に広く、そして無限の闇が広がっていた。

その中をひたすら俺たちは突っ切っていく。

「コウ、どこまで行くの!?」

「行けるところまでだ！」

幸い、【リミットブレイク】のおかげで魔力は爆発的に上昇している。

今ならほぼ無制限に《神速の加護ＥＸ》を使えそうだ。

一瞬で地球を何周もできそうなほどの速度で進んでいく。

やがて、脳内に声が聞こえた。


今後の行動について説明します。

このまま直進を続ければ、いずれゾグラルの中心部に辿《たど》り着きます。

その地点で神聖剣グラムの力を解放してください。


分かった。

ところで、先に突入したリリィたちはどこだ？


並行して位置の検索を行っていますが、時空間の歪《ゆが》みが激しいため発見は困難です。

——強い時空干渉を感知しました。

その直後のことだった。

突如として《神速の加護ＥＸ》が解除される。

さらには【時空支配】の領域がみるみるうちに削り取られていく。

「なに、この圧迫感……」

隣でアイリスが声をあげる。

どうやら彼女にも感じられるほどの何かが起こっているらしい。

俺自身、全身が蝕《むしば》まれていくような悪寒を感じていた。

【時空支配】の領域を自分から狭め、その代わり、維持に力を割く。

俺とアイリスをギリギリ囲うほどのサイズにまで圧縮することで、どうにか拮抗《きっこう》できるところに落ち着けることができた。

……何が起こっているんだ？

そう思った矢先、前方の空間が歪んで何かが現れる。

キィィィィィィインという音が神聖剣グラムから響く。

やがて空間の歪みから現れたのは、まるでオウムガイのような姿をした怪物――暴食竜だった。

ヤツは俺に倒されたあと、世界の外側に逃げていった。

やはりゾグラルのところに戻っていたのだろう。

「ＫＬＵＵＵＵＵＵＵＵＵＵＵＵＵＵＵＵＵＵＵＵＵＵ！」

あの歌うような高音の咆哮《ほうこう》は当時と同じままで、けれど、敵意は以前よりも強く感じられる。

分析完了。

【時空支配】への干渉は暴食竜によるものと推定されます。


つまり、こいつを倒さないとゾグラルの本体には辿り着けないいってことか。


現状、神聖剣グラムは対ゾグラルの機能に単一化されています。

戦闘には不向きであるため、使用は推奨できません。


つまり、グラム・イミテイトで戦えってことだな。

俺は【アイテムボックス】を開くと武器を入れ替える。

アイリスもフィンブル・ミーミルをポーチから取り出して構えた。

「これ、別々に行動したほうがよさそうね」

アイリスはそう言ってフライングポーションを飲むと、俺から離れる。

アイリスの持つフィンブル・ミーミルには《偽・時空の支配者ＥＸ》が付与されている。

そのため、ある程度の時間ならゾグラルの吸収を食い止めることができるが、現状はそこに暴食竜の時空干渉が乗っかっている。

それに抗えるほどの力はあるのだろうか。

アイリスノート・ファフニル自身を囲う範囲内であれば問題ありません。
だったら大丈夫だな。
俺はグラム・イミテイトを構え直した。
「行くわ！」
最初に仕掛けたのはアイリスだった。
槍《やり》を掲げると同時に、その穂先が輝き――
無数のフィンブルが虚空から現れた。
その総数は一千を超えている。
「やあああああああああああっ！」
槍は一斉にその穂先から青色の閃光《せんこう》を放った。
《絶対凍結ＥＸ》だ。
「ＬＵＵＵＵＵＵＵＵ！」
それに対し、暴食竜は触手の一本一本から熱線を放って迎え撃つ。
無数の閃光が正面からぶつかり合い、スパークが生まれる。
その激突を制したのは――アイリスだった。
暴食竜の身体はおよそ半分ほどが凍りついている。

「今よ！　行きなさい！」

アイリスがフィンブル・ミーミルを暴食竜に向ける。

直後、無数の槍が暴食竜へと殺到し、爆発を起こした。

《事象崩壊ＥＸ》だ。

無数の光の中で暴食竜がどんどん小さくなっていき――やがて姿が見えなくなった。

「楽勝だったわね。コウの武器のおかげだわ」

アイリスがホッと一息をつく。

そのときだった。

「アイリス、油断するな！」

「えっ？」

突如として異常事態が起こった。

消滅したはずの暴食竜が一瞬のうちに再生を果たし、その大きな口からブレスを放ったのだ。

「アイリス！」

俺はワープを使って彼女のすぐそばに向かうと、彼女を抱きかかえてその場を離脱した。

「大丈夫か？」

「ええ、あたしは無事よ。いったい何が起こったの？」

暴食竜は現在、ゾグラルからパワー供給を受けています。

存在が残っている限り復活の可能性があります。

つまり、実質的に残機無限の無敵状態ってことか。

厄介すぎるな。


それはわたしも同意です。

ただし、暴食竜の存在そのものが完全に消滅した場合、復活は不可能です。


なるほどな。

俺は内心で頷きつつ、四帝竜の腕輪に視線を向ける。

《元素分解ＥＸ》を使えば、暴食竜を消し去れるかもしれない。

試してみる価値はあるだろう。

ただし、対象に触れなければ《元素分解ＥＸ》を発動できないので、そこはちょっと手間だな。

俺はアイリスに【フルアシスト】から得た情報を伝え、《元素分解ＥＸ》を試すために手を貸してほしい、と告げる。

「分かったわ。任せてちょうだい」

「ああ、頼む」

俺たちは頷き合うと、暴食竜に向かって一直線に接近する。

アイリスとは今までに何度となく一緒に死地を乗り越えてきた。

もはや互いに細かな言葉は必要なかった。

心と心が繋がっている。

そんな感覚があった。

「はあああああああっ！」

アイリスが先行し、《極・竜神結界ＥＸ》を展開する。

暴食竜は熱線を絶え間なくこちらに向けて放つものの、結界を破ることはできなかった。

俺たちは無傷のまま暴食竜の元へと辿り着くと、喉元に触れて《元素分解ＥＸ》を発動させた。

「食らえ！」

直後、触れた場所を中心として暴食竜の身体が崩壊を始めた。

やったか？

――否《いな》。

俺は咄嗟の判断で後退していた。

直後、暴食竜の咆哮が響いた。

「ＬＵＵＵＵＵＵＵＵ！」

同時に、身体の崩壊が止まり、みるみるうちに再生を果たしていく。

そして反撃とばかりに無数の触手を鎌首のようにもたげると、その先端から無数の熱線を放ってきた。

「させないわ！」

アイリスが《極・竜神結界ＥＸ》を展開させた。

だが、熱線は先ほどよりも強化されているらしく、結界のあちこちに亀裂が走る。

まずい。

そう思ったときだった。

まず最初に、銀色の流星が降り注いだ。

それが暴食竜の触手を次々に消滅させる。

続いて、稲妻を纏った巨大な隕石《いんせき》が降り注ぎ、暴食竜の左半身を削った。

最後に、黄金色の閃光が放たれ、暴食竜の右半身を消し飛ばした。

その隙《すき》に俺たちは暴食竜から距離を取る。

背後に視線を向けると、そこにはリリィ、レティシア、そして黄金色に輝く竜――強欲竜の姿があった。

「コウさん！」

「ようやく会えましたわね」

「ガアアアアアアアアアアッ！」

強欲竜が何を言っているかは分からないが、とりあえず、再会を喜んでいるのは確かだろう。

「みんな、無事だったんだな」

「ええ。危ないところでしたけど」

「コウさんと合流できなかったら、ゾグラルに吸収されていたかもしれません」

リリィやレティシアの武器には時空支配能力が付与されているが、あくまで疑似的なものに過ぎない。

いずれはゾグラルの力に押し切られていたはずだし、その前に合流できて本当によかった。

「それにしても、困ったわね」

と、アイリスが言う。

《事象崩壊EX》でも《元素分解EX》でもダメなんて、さすがにどうしようもないわ」

「根本的なアプローチを変えるべきかもしれないな」

俺がそう呟いた直後、脳内に【フルアシスト】の声が聞こえた。


分析終了。

外部からの攻撃によって暴食竜を消滅させることは不可能です。

唯一の打開策としては、【創造】によって暴食竜をコウ・コウサカの内部に取り込んでしまうことと推定されます。


そんなことが可能なのか？

って、訊《き》くまでもないか。

俺はもともと強欲竜を身体の中に宿していたわけだから、暴食竜を取り込むことだって無理ではないだろう。

そのとおりです。

暴食竜が再生した直後の隙を狙えば、成功率はさらに高まります。


分かった、やろう。

迷っている時間がもったいないからな。

俺はひとり頷くと、ここからの動きを皆に説明する。

「つまり、あたしたちで一斉攻撃して暴食竜を弱らせればいいのね」

「分かりました」

「ふふっ、せっかくの新しい武器ですもの。もっと使いたいと思っていたところですわ」

「ガルルルルル！」

アイリス、リリィ、レティシア、そして強欲竜。

皆、戦意は十分のようだ。

「俺は暴食竜のすぐそばまで接近する。俺のことは気にせず攻撃してくれ」

俺はそう告げて暴食竜へと一気に接近する。

同時に、皆の一斉攻撃が始まった。

アイリスが持つフィンブル・ミーミルの《事象崩壊S＋》。

リリィが持つ開闢弓《かいびゃくきゅう》ユグドラシルの《戦神の極射EX》。

レティシアが持つヤルングレイプルの《ミョルニルEX》。

強欲竜のブレスは《煌々たる竜の息吹《シャイニングブラスター》》だろうか。

その攻撃によって暴食竜はみるみるうちに弱っていく。

だが、あと一歩だけ足りない。

俺は先ほどと同じように暴食竜へと接近すると、《元素分解EX》を発動させる。

「これでどうだ！」

先ほどと同じように、暴食竜の身体が崩壊し――すぐさま再生が始まる。

今だ。


はい、今がチャンスです。

暴食竜の取り込みシークエンスを開始します。

【創造】を発動させてください。


「はああああああああああっ！」

再生しつつある暴食竜の身体に触れ、【創造】を発動させる。

直後、身体の中に何かが入ってくる感触があった。

「ＬＵＵＵＵＵＵ!?」

暴食竜が驚きの声をあげる。

無理もないだろう。

暴食竜の身体がどんどん俺の中へと吸収されつつあったからだ。

「ぐっ……」

全身に激痛が走る。

どうやら内部で暴食竜が暴れ回っているらしい。


【創造】の素材にグラム・イミテイトを足せば、戦神の加護によって暴食竜を抑え込むことが可能かもしれません。

実行しますか?


答えはもちろん「はい」だ。

直後、左手に握っていたグラム・イミテイトが俺の身体に吸い込まれていく。

……我ながら、どんどん人間離れしていくな。

まるで他人事《ひとごと》のようにそんなことを考えているうちに、暴食竜の巨体がすべて俺の中へと呑《の》み込まれる。


取り込みシークエンスが完了しました。

ご気分は変わりないですか。

ああ、大丈夫だ。

意外に何ともないんだな。

それは何よりです。

ではこれより、ゾグラルの中心部に向かいましょう。

俺は頷くと、この場にいる全員に《神速の加護ＥＸ》をかけた。


やがて俺たちはゾグラルの中心部に辿り着いた。

そこは黒く禍々《まがまが》しい靄《もや》の渦巻く空間だった。

「不吉ね……」

「薄気味悪い気配がします……」

「……危険な感覚がしますわ」

「グウウウウウ」

他の皆もただならぬものを感じているようだ。

俺は【アイテムボックス】から神聖剣グラムを取り出す。

では《滅亡に抗う力》の発動を行います。

これによってゾグラルの、自分自身の消滅を望む意志を増幅させて自壊に導きます。

【災厄召喚】で黒竜、白竜、黄竜、緑竜、そして怠惰竜の召喚を行ってください。


ああ、分かった。

俺は左手を掲げて【災厄召喚】を発動させる。

周囲に五つの魔法陣が生まれて、そこからそれぞれの竜が現れた。

それらはすぐに粒子となってグラムへと吸い込まれた。

強欲竜も粒子になって吸い込まれる。

文字どおり、すべてをぶつける攻撃になるのだろう。

俺は神聖剣グラムを掲げた。

フィンブル・ミーミル、開闢弓ユグドラシル、ヤルングレイプルの力も足してください。

分かった。

俺は頷くとアイリスたちに助力を頼む。

「分かったわ」

「お手伝いします」

「最後も出番があって安心しましたわ」

そうして三人とも武器を掲げた。

すると、光が溢れて神聖剣グラムへと注がれる。

黄金色の光が立ち昇った。


最終攻撃を発動します。

攻撃名の命名をお願いします。


それ、俺がやることなのか？

北欧神話絡みの用語はあらかた使い終わったような。

そうだ。

バルドルはどうだろう。

ラグナロクの後に出てくる光の神で、死者の国から蘇《よみがえ》るらしい。

まさに今の状況にピッタリじゃないだろうか。

では、それでいきましょう。

最終攻撃バルドル、発動のカウントダウンを行います。
10、9、8、7――

今回の戦いも、これで終わりか。

長いようで短い、そんな感覚があった。

6、5、4、3――

ん？

黒い靄が動きを止めた。

そしてこちらに向けて動き始める。

2、1、ゼロ。

「はあああああああああああああっ！」

俺はグラムを振り下ろした。

まばゆい光が靄へと向かう。

その直後――

ゾグラルからの接続を確認。

大量の情報の流入を確認しました。


【フルアシスト】の声が聞こえたと同時に、頭の中にワッと何かが入り込んでくる。

それはゾグラルが発生してから今に至るまでの記録、いや、記憶だった。

あまりにも膨大な情報に頭が爆発しそうになる。

自分自身という存在とゾグラルの区別がつかなくなる。

そんなとき――


「コウ!」

「コウさん!」

「コウ様!」

アイリス、リリィ、レティシア。

三人の声が、耳に届いた。

俺はハッと我に返る。

それがきっかけになって、自分自身とゾグラルを分けて考えられるようになってきた。

流れ込んできた情報を頭の中で整理していると、【フルアシスト】の言葉が聞こえてきた。

わたしはいま、正常な機能の遂行が困難となっています。

……人間に当てはめるなら、これは混乱という感情かもしれません。


その声色には動揺がありありと表れていた。

ゾグラルから流入してきた情報は、【フルアシスト】でさえ把握していなかったものらしい。


わたしはゾグラルによって生み出された存在です。

ある程度まで記憶を共有していますが、不足している部分もあります。


その不足部分が、今回の情報ってことか。

内容としては、確かに【フルアシスト】が困惑するのも当然のものだろう。

ゾグラルというのは、本来、あらゆる世界にとって必要な現象だったらしい。

世界というのは何千、何万、何億……数えきれないほどたくさん存在するが、どのような世界であろうといずれ滅びは訪れる。

そのような「終わった世界」を素材として新たな世界を創造する、つまり壮大なリサイクルを行うのがゾグラルという現象だった。

けれど、高度な魔法技術を持った世界のひとつがゾグラルを研究し、兵器への転用を試みたところ、悲劇が訪れた。

ゾグラルが暴走し、あらゆるものを食らう存在に変貌してしまったのだ。

手始めに百ほどの世界を呑み込むと、さらに別の世界へと牙を剝《む》いた。

そうして無数の世界を食らい、多くの人々の意思を取り込んだ結果、ゾグラルは自分の意志というものを持つようになったわけだが——

その意志は、二つあった。

ひとつは、以前に【フルアシスト】が教えてくれたものだ。

滅亡の化身となった自分自身を忌み嫌い、己の消滅を願う意志。

名前をつけるなら『自滅の意志』といったところか。

けれども、それとは別にもうひとつの意志がゾグラルの内部に存在していた。

——消えたくない。死にたくない。生きていたい。

それはあらゆる生命が持つ、根源的な生への欲求だ。

さしずめ『生存の意志』と呼ぶべきか。

俺は最終攻撃バルドルを撃ち込むことで、『自滅の意志』を増幅させた。

本来なら、それによってゾグラルは自壊するはずだった。

だが。

どうやら最終攻撃バルドルは、ゾグラルのもう片方の意志……『生存の意志』も増幅してしまったらしい。

二つの意志は拮抗しているものの、少しずつ『生存の意志』が優勢になっているようだ。

このままだとゾグラルを自壊させることは不可能だ。

いずれ滅亡の化身としての活動を再開し、俺たちを呑み込んでしまうだろう。


最終攻撃バルドルをもう一度行いますか?

これにより、ゾグラルの持つ『自滅の意志』を増幅できます。

ただ——


『生存の意志』も増幅させてしまう可能性があるよな。

選択肢としてはあまりにハイリスクだ。

そもそもの話、最終攻撃なのに二回目があるのは格好が悪すぎる。

まあ、会社ならよくある話だけどな。

ファイルの名前が『最終版(改訂)Ver.2.1』みたいな矛盾を起こしているのは見慣れた光景だ。

冗談はさておき——

解決策なら、ひとつ、思いついたことがある。

教えていただいても構いませんか。

もちろんだ。
ゾグラルの『自滅の意志』は、滅亡の化身としての自分を消滅させたいと思っている。
一方で『生存の意志』はとにかく生き続けたいと願っている。
だったら、その両方の意見を取り入れたらいいんじゃないか。
たとえば――
【創造】でゾグラルをまったく別の存在に生まれ変わらせる、とか。
無茶な案とは思うが、暴食竜さえ吸収できた今の俺なら可能かもしれない。
どうだろう。

極めて困難ですが、試す価値はあります。
ただ、ひとつ提案させてもらってもよろしいでしょうか。

もちろんだ、教えてくれ。

コウ・コウサカの考えた解決策を、ゾグラルに伝えさせていただいても構いませんでしょうか。
『自滅の意志』と『生存の意志』、両者が納得すればスムーズに事が進むかもしれません。

そんなことが可能なのか。

現在、コウ・コウサカの意識はゾグラルとリンクしています。

人間の言語によるコミュニケーションは不可能ですが、わたしはもともとゾグラルから生まれた存在なので、直接的に情報のやりとりを行うことができます。


分かった、頼む。


お任せください。

それでは交渉を開始します。

しばらくお待ちください。


フッ、と。

身体から何かが抜け出すような感覚があった。

【フルアシスト】がゾグラルとの交渉を始めたのだろう。

「コウ、何が起こっているの?」

アイリスがすぐ近くに来て、俺に問いかけてくる。

「ゾグラルを倒せた、って雰囲気じゃなさそうだけど……」

「ああ、そのとおりだ。ちょっと予想外のことがあってな。リリィとレティシアも聞いてくれ」

俺はそう答えると、ゾグラルの持つ『自滅の意志』と『生存の意志』についてザッと説明する。

「相反する感情を自分の中に抱えているなんて、まるで人間みたいですわね」

話を聞いてすぐに、レティシアがそんなことを呟いた。

「ともあれ、ゾグラルを別の存在に作り変えてしまう、という考えには賛成ですわ。わたくしたちの目的はあくまで世界の滅亡を防ぐことですもの」

「コウさんの話は、理解できました。でも……」

んん？

リリィは何か言いたげな表情を浮かべたまま口籠《くちご》もってしまう。

いったいどうしたのだろう。

俺が問いかけようとすると、それより先にアイリスが声をかけた。

「リリィちゃん。気になることがあるなら言ってみたら？」

「そうだな。遠慮せずに教えてくれ。……個人的な経験なんだが、こういう場面での引っかかりは放置するとだいたい後でトラブルが起こるんだ」

俺は現代日本にいたころ、会社で炎上案件の後始末ばかりを引き受けていた。

案件が片付くと、原因究明のために振り返りを行うのだが、多くの場合、関係者は「最初からちょっとイヤな予感がしていた」と口を揃えて証言する。

その予感をきっちりと上司が拾い上げていれば炎上は防げただろうに……というケースが多かったこともあって、俺としてはリリィの引っかかりを解消しておきたかった。

「言いづらいようでしたら、わたくしがリリィ様から聞いて、コウ様にお伝えしても構いませんわよ」

「ありがとうございます。でも、だいじょうぶです」

レティシアの申し出に、リリィは首を横に振った。

「コウさん。ゾグラルがこれまでに吸収してきた世界を元どおりにすることって、できませんか」

「……どうだろうな」

ゾグラルに取り込まれたモノやヒトは消えてなくなるわけじゃない。

内部で一体化しているだけなのだから、【創造】を応用すれば分離することも可能……かもしれない。

俺が考え込んでいると、リリィが申し訳なさそうに眉を寄せた。

「すみません。変なことを言ってしまって……」

「そんなことはないさ。確かに、取り込まれた世界を復元できるなら、それが一番だよな」

ゲームにたとえれば、この世界を守るだけならノーマルエンディング、ゾグラルに吸収された世界をすべて元に戻すところまでいったらグランドエンディングといったところか。

とはいえ――

ゾグラルが取り込んできた世界はひとつやふたつじゃなく、何億、何兆とあるわけで、そのすべてを元どおりにするなんて、俺にできるのだろうか。

ちょっと規模が大きすぎるというか、壮大すぎて想像もつかない。

【フルアシスト】の補助があったとしても難しそうだ。

お呼びでしょうか。


おっと。

どうやら【フルアシスト】が戻ってきたらしい。

交渉はうまくいったのだろうか。


結論としては成功です。

ただ、『自滅の意志』からひとつ要望がありました。

可能ならば自分がこれまで吸収してきた世界を再生させてほしい、とのことです。


リリィとまったく同じことを言うんだな。

よく考えてみると、出会ったばかりのころのリリィは《戦神の巫女《みこ》》として自分が死ぬことを当たり前に受け入れていたし、彼女と『自滅の意志』は精神的に近いものがあるのかもしれない。

推論はさておき、実際のところ世界の再生なんて可能なのか？


現状では困難です。

実行のためにはコウ・コウサカがゾグラルを吸収し、高次元の存在へと進化する必要があります。

高次元の存在？

つまりは神様みたいなものだろうか。

そのイメージで相違ありません。

ゾグラルの『自滅の意志』も『生存の意志』も、コウ・コウサカとの一体化に同意しています。

融合を行えば、滅亡の化身としての在り方から脱却できると同時に、自身の消滅を避けられるためです。

両方の需要を満たせて、しかも取り込まれた世界を元どおりにできる。

一石二鳥どころか三鳥ってところか。

ただ、気になる点もある。

ゾグラルと融合したとき、俺という存在はどうなってしまうのだろう。

分かりません。

ただ、少なくとも『自滅の意志』も『生存の意志』も、融合後の主導権をわたしとコウ・コウサカに委ねるつもりのようです。

ん？
【フルアシスト】も一緒なのか。
もちろんです。
わたしは、常にコウ・コウサカと共にあります。
だったら、悪い結果にはならないだろう。
【フルアシスト】が頼りになることは、これまでの旅でよく分かっている。
よし、やろう。
決断が早いですね。
ゾグラルと融合する以外に解決策はなさそうだしな。
だったら、迷っているのは時間の無駄だ。
なるほど。
コウ・コウサカは――貴方《あなた》はそういう人でしたね。

よく分かっているじゃないか。

俺は【フルアシスト】の返答に思わずクスッと笑っていた。

「コウ、急にどうしたの？」

横にいたアイリスが不思議そうに訊いてくる。

「いや、大したことじゃないさ。それよりも聞いてくれ。ゾグラルとの交渉は成功した。これまでに吸収された世界も復元できそうだ」

「よかった……」

俺の言葉を聞いて、リリィが安堵《あんど》のため息をつく。

「でも、ゾグラルが取り込んできた世界はものすごい数ですわよね。そのすべてを元どおりにするなんて、いくらコウ様といえど、かなりの大仕事ではありませんこと？」

「まあ、そうだな」

さすがレティシア、鋭い指摘だ。

とはいえゾグラルとの融合について正直に話せば、皆を心配させてしまうかもしれない。

だから俺は細かいところをボカして伝えることにした。

「【フルアシスト】だけじゃなく『自滅の意志』や『生存の意志』も手を貸してくれるらしい。時間はかかるかもしれないが、なんとかなるさ」

「……本当に？」

俺を気遣うようにアイリスが問いかけてくる。

「なんだか悪い予感がするの。コウがどこか遠くに行ってしまいそうな気がして……」

「大丈夫さ」

俺はアイリスの言葉を遮るように告げる。

「たとえ長い時間がかかっても、俺は皆のところに戻ってくる。それに、アイリスとの約束もあるからな。この戦いが終わったら、一緒に服を買いに行く、って」

「そういえば、そうだったわね」

俺の言葉を聞いて、アイリスはフッと微笑《ほほえ》んだ。

「コウが約束を破ったことなんてないものね。信じるわ」

「フォートポートのカジノに行くこと、覚えてますか」

「もちろんだ」

俺はリリィの言葉に頷く。

「すべてが終わったら、皆でパーッと遊ぼう」

「……わたくしは、特にそういう約束はしていませんわね」

ふと、レティシアが呟いた。

「せっかくですし、コウ様が戻ってきたら似顔絵を描かせてくださいまし」

「分かった。格好よく仕上げてくれよ」

「もちろんですわ。任せてくださいまし」

レティシアはそう答えると、頼もしげな様子で胸を張った。
さて。
名残惜しいが、いつまでも喋《しゃべ》っているわけにはいかない。
「それじゃあ皆、ちょっと待っててくれ。最後の一仕事を済ませてくる」
俺は三人にそう告げると、脳内の【フルアシスト】に呼びかける。
こっちの準備は完了だ。
ゾグラルとの融合を始めよう。

承知しました。
では【創造】の発動をお願いします。

分かった。
俺は頷くと、意識を集中させた——。

エピローグⅠ

気がつくと、異世界に立っていた。

小さいころ、将来の夢は消防士だった。

きっかけは単純なもので、テレビで消防士を取り上げたドキュメンタリーを見たこと。

火事を起こした建物から人々を救出する姿を、かっこいい、と思った。

とはいえ、それはあくまで子供時代の憧れだ。

大人になるにつれて現実というものを知り、自分の能力や適性を考えた結果、俺はサラリーマンになることを選んだ。

就職先のＩＴ企業には炎上案件専門の火消し部隊《レスキュー》があり、そこに配属された俺はロクな休みも取れないまま多忙な日々を送っていた。

だが――

変化は突然に訪れた。

仕事帰りの電車の中でうっかり眠り込み、目を覚ますと森の中で仰向《あおむ》けに倒れていたのだ。

「何がどうなってるんだ……？」

身を起こし、周囲を見回す。

周囲には多くの木々が立ち並び、暖かな木洩《こも》れ日《び》が差し込んでいる。

遠くからはチチチ、と鳥の声が聞こえた。

「ここはどこなんだ？」

そう問いかけてみたものの、ここにいるのは俺一人だ。

当然、答えなど返ってくるわけがない。

……あれ？

いつもだったら、誰かがすぐに教えてくれたような。

気のせいだろうか。

何か大事なことを忘れているけれど、何を忘れているか分からない。

そんな感覚があった。

と、いうか。

「この森、なんだか見覚えがあるな……」

以前に来たことのある場所だろうか。

そもそも、どうして森の中に倒れていたのだろう。

仕事の帰り、俺は電車の中で居眠りをして——そこから先の記憶がない。

服装はいつものスーツ姿だ。

ただ、通勤用のカバンや、ポケットに入れていたサイフやスマートフォンはどこかに消えていた。

つまり、助けを呼ぶことはできない、ということだ。

「困ったな」

そう呟《つぶや》いてはみたが、実際のところ、俺はあまり動揺していなかった。

この程度、どうにでもなる。

俺はこれまでに絶体絶命の危機を何度も乗り越えてきた。

それに比べれば、持ち物が消えてしまったなんて問題にもならない。

んん？

絶体絶命の危機を何度も乗り越えてきた、だって？

自分で言っておいてなんだが、意味が分からない。

昨日まで現代日本で暮らしていたはずの俺が、どうして戦場帰りの兵士みたいなことを考えているのだろう。

中二病か。

そういうのは学生時代に卒業したつもりなんだけどな。

俺がひとり肩をすくめていると、背後から声が二つ聞こえた。

「コウ・コウサカ。もう起きていたのですね」

「おはようー。無事みたいだねー」

声のほうに視線を向けると、子供が二人、こちらに歩いてくるのが見えた。

年齢としては小学校中学年か高学年、十歳前後といったところか。

片方は真面目そうで、もう片方はのんびりした雰囲気だ。

二人とも髪は青く、翠《みどり》色の瞳が澄んだ輝きを放っている。

明らかに日本人ではなさそうだ。

どちらも顔立ちは整っており、テレビに出てくる外国人の子役のように華やかな印象を漂わせている。

俺のようなサラリーマンには縁のなさそうな人種だが、先ほど、名前を呼ばれたことを考えると、向こうは俺のことを知っているらしい。

いったいどういうことだろう。

俺が混乱しているうちに二人はすぐ近くにやってきた。

親しげな様子でこちらを見上げ、問いかけてくる。

「気分はどうですか。身体で痛いところはありませんか」

「服が汚れてるよー。きれいにしてあげようかー」

どっちから先に答えればいいんだ。

俺は一瞬だけ迷った後、

「大丈夫だ。どれも問題ない」

と答えてから、スーツの上着を脱ぎ、土埃《つちぼこり》を手で払う。

パン、パン。

ひとまず、このくらいでいいだろう。

あらためて上着を羽織ってから、俺は二人に問いかける。

「すまない。以前にどこかで会ったか」

「会う、という表現は不正確ですが、言葉を交わしたことはあります」

先に答えたのは、真面目そうな子のほうだった。

「どうやら記憶に混乱があるようですね。わたしのことはフルアとお呼びください」

「ボクはゾグラだよー。フルアの弟ってことになってるよー」

なんだか引っかかる物言いだが、フルアとゾグラの容姿は互いによく似ている。

違いといえば、フルアのほうがちょっと髪が長いくらいだろうか。

二人がきょうだいであることは間違いなさそうだ。

ああ、そうか。

双子という可能性もあるな。

だとすれば、ゾグラの「弟ということになっている」という発言も納得できる。

二人は同じ日に生まれたけれども、戸籍の都合で第一子、第二子を決める必要があって、ゾグラが弟として扱われているのかもしれない。

……などと考えていたら、ふと、ゾグラがこんなことを問いかけてきた。

「恩人さんは、どこまで記憶が残っているのかなー」


仕事帰りに居眠りをしていたら、なぜか森の中で倒れていた――

俺の認識としてはそんなところだ。

どこまで記憶があるのかといえば、電車の座席に座ったところまでだ。

そのことを伝えると、ゾグラはちょっと残念そうな表情を浮かべた。

「なるほどねー。恩人さん、大事なことをまるっと忘れちゃってるんだねー」

「さっきから気になっていたんだが、その『恩人さん』って俺のことか」

「そうだよー。恩人さんのおかげで、ボクはこうして生きていられるわけだからねー。すごく感謝してるんだよー」

……と言われても、俺には何のことだかまったく分からない。

反応に困っていると、今度はフルアが声をかけてくる。

「状況は把握しました。コウ・コウサカはこの世界に来てからの記憶をすべて喪失しているのですね」

「世界？　ここは日本じゃないのか」

「はい。わたしが説明するよりも、実際に体験してもらったほうが早いでしょう。近くの樹木に触れて、収納と念じてください」

なんだそりゃ。

いきなり何を言っているんだ、ワケが分からないぞ……と言いたいところだが、以前にも同じようなことがあったようにも思える。

ひとまず、素直に従ってみようか。

俺は五歩ほど前に進んだところにあるゴツゴツした木に触れ、脳内で「収納」と呟いた。

直後、足元に半径一メートルほどの光の輪が現れた。

輪の内部には円と三角形を組み合わせたような図形が描かれている。

まるでアニメやゲームに出てくる魔法陣みたいな模様だ。

そんなことを考えていると、魔法陣が黄金色の輝きを放った。

次の瞬間、俺が触れていた木は光に包まれ——魔法陣の中へ吸い込まれるようにして消滅した。

「……何が起こったんだ」

「触れていた樹木は、コウ・コウサカの【アイテムボックス】に収納されました。リストを確認してください」

リストって何のことだ……と訊《たず》ねるより先に、頭の中にパッとウィンドウが現れた。

アイテムリスト
・ヒキノの木×一

まるでゲームのアイテム画面みたいな表示だな。

脳内にリストが浮かんでいるのは不思議な気分だが、なぜか違和感は覚えなかった。

「次はスキルを使ってみましょう。現在のコウ・コウサカなら【解体】を省略して【創造】が可能です。ヒキノの木から斧《おの》を作ってください」

おいおい、待ってくれ。

斧なんて簡単に作れるものじゃないぞ。

……と言いたいところだが、俺の脳内にはレシピのようなものが浮かんでいた。

ヒキノの木×一　↓　ヒキノの木斧《きおの》×五〇

五〇本も作れるのか。

一本の木をまるごと素材にするんだから、当然といえば当然か。

そんなことを考えつつ、俺はいつものように【創造】を実行する。

……あれ？

今、俺は何をしたんだ。

戸惑っているうちに脳内のアイテムリストから「ヒキノの木×一」が消え、代わりに「ヒキノの木斧×五〇」が追加される。

「【創造】が終わったら【アイテムボックス】から斧を取り出してください」

「……分かった」

俺はフルアの言葉に頷《うなず》く。

何をどうすればいいのか、なんとなくだが理解できていた。

身体が覚えている、と言えばいいのだろうか。

虚空に右手を差し伸べると、指先のあたりに黄金色の魔法陣が現れた。

そこから木斧を取り出す。

刃渡りは十五センチほどだろうか。

木製ではあるが、意外にずっしりと重い。

……投げやすそうだな。

なんとなく、そんなことを思った。

って、斧は投げるものじゃないだろ。

一般的には薪割《まきわ》りに使うものだ。

けれど――

俺の脳内には、木斧を投げて熊の首を刎《は》ねる自分の姿が浮かんでいた。

これが失われた記憶の一部なのだろうか。

ともあれ、分かったことがいくつかある。

ここは現代日本での常識が通用しない場所で、俺には不思議な力が備わっているらしい。

アニメやマンガっぽく言うなら、異世界に転移してチートスキルを手に入れた、といったところか。

しかも記憶喪失のオマケ付き。

まるで物語の主人公みたいな状況だ。

俺みたいな平凡なサラリーマンには荷が重い……と思いつつも、胸が躍るような感覚があった。

この世界はどんな場所なのか。

自分にはどのような力が備わっているのか。

考えただけでワクワクする。

就職してからはずっと眠っていたゲーマーの血が湧きたつのを感じた。

「恩人さん、楽しそうだねー」

「記憶をなくしても、そういうところは変わりませんね」

ゾグラとフルアはそう言って、フッと微笑《ほほえ》んだ。


フルアの話によると、ここから西にしばらく進むとオーネンという名前の街があるらしい。

記憶喪失になる以前、俺はそこを拠点にしていた時期があるのだとか。

「街を見れば、コウ・コウサカの記憶が戻るかもしれません。行ってみませんか」

「ああ、そうだな。案内してもらっていいか」

「お任せください。ナビゲーションはわたしの得意分野です」

フルアは頼もしい様子で答えると、迷いのない足取りで歩き始めた。

直後、ゾグラが首を傾《かし》げて言った。

「あれれー。フルア、そっちは東じゃないかなー」

「……失礼しました。まだ人間の身体に不慣れなもので」

フルアはピタリと足を止めると、その場で回れ右をした。

照れ隠しのようにコホンと咳払《せきばら》いをすると、再び歩き始めた。

真面目そうな雰囲気だが、意外に可愛《かわい》らしいところがあるんだな。

俺は思わずクスッと笑いつつ、フルアの横に並んで歩く。

無言のままというのも寂しいので、二人の身の上について訊《き》いてみるか。

もしかしたら俺が記憶を取り戻すきっかけになるかもしれないしな。

「フルアとゾグラはきょうだいなんだよな。ゾグラが弟ってことは、フルアは兄か」

「いえ、姉です」

しまった。

性別を間違えるなんて、失礼にも程がある。

いきなりやらかしてしまった。

俺が内心で頭を抱えていると、フルアがフッと優しげな笑みを浮かべた。

「お気になさらず。コウ・コウサカはわたしとゾグラを双子と推測し、ゾグラが弟であることを根拠にわたしの性別を男性と判断したのでしょう？」

「大正解だ。よく分かったな」

「あなたのことなら、世界の誰よりも知っている自信があります」

フルアはふふんと鼻を鳴らすと、誇らしげに胸を張った。

その仕草がいかにも子供っぽく可愛らしいものだったから、俺はついついクスッと笑ってしまう。

「コウ・コウサカ。どうしましたか」

「大したことじゃないさ。それより、記憶を失う前の俺は、君と親しかったのか」

「はい。およそ三ヶ月ほどですが、一緒に旅をさせていただきました。あの日々はわたしにとって大切な思い出です」

フルアはそう呟くと、やけに大人びた表情で俺のことを見上げてくる。

「とはいえ、これからの毎日のほうがきっと素晴らしいものになると確信しています。なにせ、同じ人間同士として過ごせるのですから」

「さっきから気になっていたんだが、もしかして君は人間じゃないのか」

常識的に考えるならありえない話だが、ここは異世界だ。

たとえば天使や悪魔のような存在だっているかもしれない。

俺の問いかけに、フルアはちょっと考え込んでからこう答えた。

「わたしもゾグラも、今は人間としての肉体を得てこの世界に存在しています。ですが、かつてはまったく別の存在でした。説明が難しいので、コウ・コウサカの記憶がもう少し戻ったときに話す、ということで構いませんか」

「ああ、分かった。それで問題ない」

「んー。もうちょっと踏み込んだことを教えてもいいんじゃないかなー」

俺とフルアの話を聞いていたらしく、ゾグラがそんなことを言いながら俺の左横に並んだ。

「たとえばさー。ボクらの身体を作ったのは恩人さんだとかさー」

「なんだって？」

予想外の言葉に、俺は思わず驚きの声をあげていた。

「だったら、俺は二人の親みたいなもの、ってことか……？」

「親というか、神様かなー。恩人さんは【創造】を使って、フルアやボクを人間に生まれ変わらせてくれたからねー」

「コウ・コウサカはゾグラだけでなく、わたしにも肉体を与えてくれました。そのことは本当に感謝しています」

「……俺、すごいことをしてたんだな」

人間ではない存在を人間に転生させるとか、もはや神の所業じゃないか。

チートスキルなんていうレベルを超えている。

俺はどうやってそんな力を手に入れたのだろう。

記憶を取り戻すのがちょっと怖くなってきたぞ。

そんなことを考えつつ歩いていたときのことだった。

——うわあああああああっ！

遠くから男性の悲鳴が響き、周囲の木々に止まっていた鳥たちが一斉にバタタタタタッと飛び去った。

「あっちから聞こえたねー」

ゾグラが左前方を指さす。

「なんだか、トラブルの予感だー」

「コウ・コウサカ。どうしますか」

「俺が様子を見てくる。二人はここで待っていてくれ」

俺はフルアとゾグラにそう告げると、右手で【アイテムボックス】からヒキノの木斧を取り出していた。

柄をしっかりと握りしめ、小走りに先へ進む。
やがて森が途切れて視界がパァッと開けた。
そこは草原だった。
二十メートルほど離れた場所に街道があり、荷馬車が熊に襲われていた。
ただ――
そいつは普通の熊じゃなかった。
両腕が異様に太く、胴体と同じくらいのサイズがあった。
あんなに大きな腕で殴られたら、人間なんて一発でペシャンコになってしまうだろう。
――く、来るな！　来るんじゃない！
小太りの男性がひとり、荷馬車を背にして剣を構えている。
荷馬車の持ち主だろうか。
幸い、熊は男性に気を取られており、俺には全く気づいていない。
現実的に考えるなら、君子危うきに近寄らずだ。
今のうちに逃げてしまうべきだろう。
けれど。
「見捨てるなんてありえないだろ」
誰かが危機に陥っていたら、迷わずに手を差し伸べる。
俺はそういう人間でありたい。

気づけば、身体が勝手に動いていた。

「はあああああああっ！」

右腕に力を込めながら木斧を振り上げ、サイドスローで投げつける。

――以前にも同じようなことをした気がする。


木斧はブーメランのように高速回転しながら飛んでいき、今まさに男性に飛びかかろうとしていた熊の首を横合いからスパリと刎ねた。

熊の頭部が地面に落ちる。

首の切断面からは噴水のように勢いよく血が噴き出し、二、三歩ほど歩いたところで崩れるように地面へと倒れた。

……ふう。

我ながら随分と無茶なことをしたものだ。

もし一撃で倒せていなかったら、いったいどうなっていただろう。

額から流れてくる冷や汗を右腕で拭《ぬぐ》う。

襲われていた男性に視線を向けると、その場にヘナヘナと座り込んでいた。

恐怖から解放されたことで力が抜けてしまったのだろう。

俺は男性のもとに歩み寄ると、右手を差し伸べた。

「大丈夫ですか」

「は、はい……。コウ様、またも助けられてしまいましたな」

えっ？

「あなたは、俺のことを知っているんですか」

「ええ、もちろん。……話に聞いていたとおり、やはり記憶がないのですな」

男性はそう言いながら俺の右手を掴《つか》んで立ち上がる。

「私の名前はクロム・スカーレット。オーネンの街で商人をやっております。一年ぶりにコウ様とお会いできて、本当に嬉《うれ》しく思っておりますぞ」


クロムさんは以前にも街道で熊に襲われたことがあり、そのときも俺が助けに来たそうだ。

「違う点はといえば、出てきた魔物がアーマード・ベアではなくアームド・ベアだったことですな」

どうやらこの世界にはファンタジー系のゲームやアニメのように魔物が存在するらしい。

クロムさんの話によると、アーマード・ベアというのは全身に鎧《よろい》のような甲殻を纏《まと》った熊型の魔物で、その亜種がアームド・ベアだそうだ。

どちらも非常に獰猛《どうもう》な性格で、本来、討伐には手練《てだ》れの冒険者が何人も必要とのことだった。

「記憶をなくしているとはいえ、一撃でアームド・ベアを倒すとは、さすがコウ様ですな」

「運が良かっただけですよ。自分でもビックリしています」

それは謙遜などではなく、俺の素直な気持ちだった。

幸い、クロムさんも怪我《けが》はないらしく、一件落着と言ってもいいだろう。

俺がホッと一息ついていると、背後から声が聞こえた。

「すでに討伐は終わったみたいですね。お見事です、コウ・コウサカ」

「さすが恩人さんだねー」

振り向けば、そこにはフルアとゾグラの姿があった。

俺を追いかけてここまで来たのだろう。

「おや、フルア様とゾグラ様ではありませんか」

俺のすぐ横でクロムさんが声をあげる。

「ははあ、なるほど。コウ様を迎えに来ていた、といったところですかな」

「はい。三時間前にコウ・コウサカが帰還する予兆を感知しましたので」

「クロムさんにも教えてあげたかったけど、街にいなかったんだよねー」

ふむふむ。

会話から推測するに、この三人は知り合いのようだ。

そんなことを考えつつ、なんとなく周囲を見回すと――

ひとつ、おかしなことに気づいた。

アームド・ベアの死骸が消えていたのだ。

首から噴き出した血液もまったく残っていない。

どういうことだろう。

怪訝《けげん》に思って眉をひそめていると、フルアがくいくいと俺の左袖を引いた。

「アームド・ベアの死骸をお探しでしょうか」

「ああ。いったいどこに行ったんだ？」

「コウ・コウサカの【アイテムボックス】に【自動回収】されています。アイテムリストを確認してください」

どれどれ。

心の中でアイテムリストと唱えると、脳内にパッとウィンドウが浮かんだ。

アイテムリスト
・ヒキノの木斧×五〇
・アームド・ベアの死骸×一

フルアが言ったように、アームド・ベアの死骸は【アイテムボックス】に収納されていた。

おや。

ヒキノの木斧が減っていないな。

一本を取り出して投擲《とうてき》したわけだから、本当は四十九個なんだけどな。

ゲームならバグを疑うところだが、フルアに訊ねてみると、投げつけた木斧も自動的に回収されていたらしい。

なんて便利な機能だろう。

ちょっと工夫すれば、面白い使い方ができそうだ。

ゲーマーの血が騒ぐぞ。

できれば今すぐにでも【アイテムボックス】の仕様について検証を行いたいところだが、ここに留《とど》まっていると第二、第三の魔物に出くわすかもしれない。

まずはオーネンの街とやらに向かうべきだろう。

ということで、俺たちはその場を離れることにした。

ちなみにクロムさんの荷馬車だが、引いていた馬が逃げてしまったため、俺が【アイテムボックス】に入れて運ぶことにした。

すると、クロムさんは目を丸くしてこう言った。

「以前のコウ様も、まったく同じ方法で町まで荷馬車を運んでくださったのです。記憶があろうとなかろうと、コウ様はコウ様なのですな」

人間の本質はそう簡単に変わるわけではない、ということなのだろう。


オーネンまでの道すがら、俺は以前の自分のことをクロムさんから教えてもらうことにした。

ただ、聞かされた内容はすぐに信じられるようなものではなかった。

「コウ様はオーネンの街の救世主です。大氾濫《スタンピード》によって生まれた数万匹もの魔物を一掃し、さらには四千年前に古代文明を滅ぼした災厄……『極滅の黒竜』まで倒してくださいましたからな」

「すみません、クロムさん。俺が記憶喪失だからって話を盛ってませんか」

「そんなことはございません。私は事実だけを話しております」

「クロム・スカーレットの言葉に嘘《うそ》はありません。付け加えるなら、コウ・コウサカはオーネンの近くに存在すると言われる地下都市を発見し、その所有者《マスター》となっています」

うーん。

昔の俺、色々成し遂げすぎじゃないか？

過労死が心配になるレベルだ。

もしかすると日本にいたころよりも働いているかもしれない。

「恩人さんは他の街でも活躍してたんだよー。デビルトレントを倒したり、地震で崩落した橋を【創造】で作り直したりねー」

「新ザード大橋ですな。先月、用事があって渡ったのですが立派な橋でした。いくらスキルの力とはいえ、あんなに大きな橋をひとりで作り出してしまうとは、さすがコウ様です」

「いったいどれくらいのサイズだったんですか」

俺が問いかけると、クロムさんは少し考えてからこう答えた。

「渡るのに馬車でおよそ十五分といったところでしょうか。通常の手段で橋を架けるなら、三年は必要でしょう。当時のコウ様はそれを一瞬で済ませてしまったそうです」

マジか……。

次々に出てくる規格外のエピソードに驚きつつ、俺は奇妙な感覚に囚《とら》われていた。

まるで、大昔に読んだ本をもう一度読み直しているような——。

過去の自分についての話を聞くことで、失われた記憶が刺激されているのかもしれない。


クロムさんが教えてくれた内容を総合すると、俺は各地で事件を解決しつつ北の王都へ向かい、最終的には世界を救ったらしい。

すごいな、俺。

まるで他人事《ひとごと》のような感想だが、記憶喪失なのだから許してほしい。

ただ——

過去の俺についての話を聞いているうちに、頭の奥が疼《うず》くような感覚がだんだんと強くなっていた。

記憶が戻る前兆なのかもしれない。

もっと刺激を受ければ、すべてを思い出すことができるだろうか。

そんなことを考えながら歩いているうちに、城壁に囲まれた街が見えてきた。

「クロムさん。あれがオーネンの街ですか」

「そのとおりです。見覚えはありませんかな」

「……なんだか、妙な気持ちです」

俺は右手を自分の胸に当てる。

不思議な感覚があった。

この街に来るのは初めてのはずなのに、まるで故郷に帰ってきたときのような懐かしさがこみ上げてくる。

思わずその場に足を止めてオーネンの街を眺めていると、隣にゾグラがやってきて、俺の左袖を引く。

「恩人さん、早く行こうよー。ぼーっとしてたら、日が暮れちゃうよー」

それもそうだな。

俺は頷くと、クロムさんやフルア、ゾグラと一緒に歩きだす。

城門のところには、衛兵と思《おぼ》しき若い男性の姿があった。

まるで太陽の光を宿したような黄金色の長い髪を、頭の後ろで一本にまとめている。

男性は俺の姿を見るなり、親しげな笑みを浮かべた。

「よお、コウ。久しぶりだな」

どうやら俺のことを知っているらしい。

さて、どう対応したものか。

少し考えてから、俺は口を開く。

「すまない。実は色々とあって記憶喪失なんだ」

「ああ、事情は把握してるぜ。フルアとゾグラから聞いてるからな。まあ、コウがこの世界に戻ってきてくれただけでも十分だ。記憶なんてじきに戻るだろ」

「だといいけどな」

俺は男性の言葉に答えつつ、小さく肩をすくめる。

我ながら、初対面の相手に随分とフランクに接しているものだ。

男性の明るい雰囲気のおかげもあるだろうが、それだけじゃない。

波長が近い、と言えばいいのだろうか。

まだ出会って数分も経《た》っていないが、仲良くなれそうな予感があった。

以前の俺も、きっとこの男性と親しくしていたのだろう。

内心でそんな確信を抱きつつ、俺は言葉を続ける。

「ところで、名前を教えてもらっていいか。知り合いの名前を忘れたままなのは申し訳ないからな」

「いいぜ」

男性はニヤリと笑ってから口を開いた。

「オレはかつて『煌々《こうこう》たる強欲竜』と呼ばれていた竜だ。おまえさんはフルアとゾグラを人間として生まれ変わらせたが、そのついでにオレも転生させてくれたんだよ。今は、ウィンディア・メテオールって名乗ってる。ウィンでいいぜ」

おいおい、ちょっと待ってくれ。

竜とか転生とか、想定外の単語が飛び出してきたぞ。

俺が戸惑っていると、フルアがこちらに来て言った。

「ウィンディア・メテオールの言葉に嘘はありません。彼はかつての『煌々たる強欲竜』であり、コウ・コウサカと一体化していた存在です」

たおまえさんにはデカい恩を感じているんだ。それさえ覚えておいてくれたらいい」

「まあ、細かいことは記憶を取り戻せば分かるだろ。オレとしては、人間としての生を与えてくれ
俺が戸惑っていると、ウィンがフッと笑いながら口を開いた。

というか、一体化ってどういうことだ。

「俺と？」


ウィンはオーネンの街で暮らしており、職業としては冒険者をやっているそうだ。

今日は衛兵の仕事をクエストとして受け、城門の番をしているらしい。

「俺は身分を証明できるものなんて持ってないぞ。通れるのか」

「ご安心ください。コウ様の身元はわたしが保証しましょう」

そう申し出てくれたのはクロムさんだ。

「以前のコウ様は冒険者ギルドに所属しておりました。ギルドカードは身分証明書として使えます
から、あとで再発行してもらいに行くとよいでしょう」

「恩人さんが顔を出したら、冒険者ギルドは大騒ぎになりそうだねー」

「きっと誰もが喜んでコウ・コウサカを歓迎することでしょう」

ゾグラに続いて、フルアが俺に告げる。

「補足情報ですが、ミリアは現在もこの街の冒険者ギルドで支部長補佐を続けています。王都の本
部への転勤を断ったようです」

「コウの帰ってくる場所を守るため、なんて言ってたな。いい話じゃねえか」

ウィンが冗談めかした調子で言った。

「さて、通行の手続きは完了だ。オーネンにようこそ、ってな。コウ、そのうちメシでも行こうぜ」

「分かった。そのときはオススメの店を紹介してくれ」

「もちろんだ。おまえさんの好みは完全に把握しているからな。いい店を見繕っとくぜ」

軽い調子で会話を交わしつつ、俺はオーネンの城門をくぐる。

その向こうにはにぎやかな街並みが広がっており――

俺を出迎えるように、彼女たちが立っていた。

「やっと帰ってきましたわね」

黄金色の髪をした、活発で凛々《りり》しい立ち姿の令嬢――レティシア・ディ・メテオール。

「コウさん。おかえりなさい」

銀髪で儚《はかな》い雰囲気を漂わせる、小柄な少女――リリィ・ルナ・ルーナリア。

「ここでクイズです、わたしは誰でしょう？　名前は『ミ』から始まりますよ！」

栗色の髪をした、いつもニコニコと明るい笑顔を浮かべる女性――ミリア。

「コウ。……無事でよかった」

そして。

赤髪で、真紅《しんく》の瞳で、この世界で初めて冒険者になった日からずっと一緒にいた竜人族の女性冒険者――アイリスノート・ファフニル。

四人の姿を眼にした瞬間、俺は記憶を取り戻していた。

まるで堤防が決壊するように、情報の洪水が一気に押し寄せてくる。

思い出した。

ゾグラルとの融合を果たした俺は、神に等しい存在……いや、神をも超える高次元の「何か」に変化していた。

それは時間と空間を支配するにとどまらず、過去、現在、未来のあらゆる世界に干渉し、そこに生きる者たちの運命を思いのままに書き換えられる。全知にして全能、絶対的で圧倒的な力を持ち、万象の頂点に立つモノ――。

当時の俺は、自分の望むことをすべて現実にできるような存在になっていた。

その気になれば「コウ・コウサカは異世界に転移せず、日本でサラリーマンを続けている」とか「コウ・コウサカは幼いころの夢を叶《かな》えて消防士となった」とか、そんなふうに都合よく過去を変えてしまうこともできただろう。

けれど――

どれだけ大きな力を得ても、俺はやっぱり俺だったらしい。

自制心を失うことなく、最初に予定していたとおりの行動を取った。

まずはゾグラルによって消滅させられたすべての世界を再生し、そこに生きる者たちを蘇《よみがえ》らせた。

復活させた生命の数は億や兆どころか那由他《なゆた》や無量大数の域に達するほどだったが、すべては一瞬で完了した。

当時は何も感じなかったが、今になって振り返ってみれば我ながらとんでもない力だ。

次に俺が行ったのは、ゾグラルの転生だ。

これは事前に約束していたことだから、反故《ほご》にするわけにはいかない。

俺はゾグラルに人間としての肉体を与え、この世界に生まれ変わらせた。

それが誰なのかといえば、まあ、説明しなくても分かるよな。

記憶喪失の俺を迎えに来たうちのひとり、ゾグラだ。

名前をつけたのは当時の俺だが、高次元の存在になっておきながらネーミングセンスのなさはどうにもならなかったようだ。

すまん、ゾグラ。

ただ、幸いなことに本人はこの名前が気に入っているようなので結果オーライといったところだろう。

ああ、そうそう。

これも説明しておいたほうがいいだろう。

俺が人間に転生させたのは、ゾグラルだけじゃない。

城門のところにいたウィンは強欲竜の生まれ変わりだし、ゾグラの双子の姉……フルアもかつては別の存在だった。

まあ、名前から推測はできるよな。

彼女の正体は【フルアシスト】だ。

スキルを人間にするなんて随分と現実離れした話だが、当時の俺はそんなことを可能にするほどの力を持っていた、ということなのだろう。

そうしてやるべきことを終えた俺は、皆のところに帰るため、自分自身を人間に転生させた。

ただ、人間の脳では高次元の存在だったときの記憶をうまく処理できなかったらしく、一時的に記憶喪失になっていたらしい。

「どうやら記憶が戻ったようですね」

隣にいたフルアがフッと口元を緩め、安堵《あんど》の表情を浮かべた。

「わたしのことも思い出していただけましたか」

「ああ。人間になった気分はどうだ」

「毎日が新鮮です。ゾグラ、貴方《あなた》はどうですか」

「すごく楽しいよー。でも、遊んでるばっかりじゃなくて、色々と考えてるよー。ボクに何ができるのかな、ってねー」

先ほども述べたように、ゾグラはゾグラルが転生した存在だ。

厳密に言えば『自滅の意志』と『生存の意志』を素材として、ひとつに融合させている。

融合の直前、二つの意志は俺にこう告げていた。

――すべての世界が元どおりになるとはいえ、自分たちは許されないことをしてきた。

――人間たちの中で暮らし、学びながら、どうやって償っていくかを考えたい。

その気持ちはきちんとゾグラに引き継がれているようだ。

「恩人さん。ボクたちのことよりも、アイリスさんたちに挨拶してあげなよー」

確かにな。

俺は頷くと、アイリスたちのほうに向き直る。

そして、告げた。

「アイリス、それから皆。……ただいま」

「ぼくもマスターさんのこと待ってたよ！　えいっ！」

うおおっ!?

リリィの背後から、突如としてまるいものが飛び出した。

慌ててキャッチすると、それはコロコロとした青色の魔導生物……スララだった。

「マスターさん、びっくりした？　えへへ」

「久しぶりだな。スララ」

俺はスララを左手に抱え、ポンポン、と右手でその頭を撫《な》でる。

「わーい！　やっぱりマスターさんの手、あったかいね！」

「そうか？」

右手を自分の頬《ほお》に当ててみる。

確かにちょっと温かいかもしれない。

それはさておき――

「アイリス、ミリア、リリィ、レティシア。皆、元気だったか？」

「もちろんよ。この一年は平和だったものね」

「大氾濫《スタンピード》の報告もないですし、冒険者の皆さんものんびりしてますよ」

「戦神様も復活して、今は聖地で静養されています。コウさん、ありがとうございました」

「コウ様がウィンを人間に転生させてくださったそうですわね。おかげで弟にまた会うことができましたわ。心からの感謝を捧《ささ》げさせてくださいませ」

皆の言葉のひとつひとつが懐かしく、聞くたびに帰ってきたという実感がじいんと湧いてくる。

俺の居場所は、ここにある。

強く、そう感じた。

エピローグII
俺たちの、これから。

──その後のことを、少しだけ語らせてほしい。


オーネンに戻ってきた俺のことを、街の人々は温かく迎え入れてくれた。

「おかえりなさい、《竜殺し》さん！」

「やっぱり生きてたんだな！　信じてたぜ！」

「こいつはめでたい！　よーし、皆で《竜殺し》の帰りを祝おうぜ！」

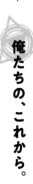

そういえばこの世界の人々って、やたらとノリがよかったよな。

気がつけば、街を挙げてのお祭り騒ぎが始まっていた。

飲めや歌えやの大宴会が三日間にわたって続き、人々は四日目にぐったりした。

そりゃそうだ。

一日だけならともかく、三日間も大騒ぎをしていれば誰だって体力の限界を迎える。

幸い、俺はスキルのおかげでピンピンしていたので【アイテムボックス】にストックしていたヒールポーションや解毒ポーションを人々に配ることにした。

「ありがとう、《竜殺し》さん。お酒を飲みすぎて頭が痛かったの」

「すげえな、このポーション。一口飲んだだけで身体の重さが消えちまった」

「おいしい……！　毎日だって飲みたいくらい」

ヒールポーションも解毒ポーションも、味わいとしてはブドウジュースに似ている。

それもあって、オーネンの人々には好評だった。


翌日には住民たちの体力も回復し、街はいつもどおりの活気を取り戻していた。

ところで『静月亭《じょうげってい》』のことを覚えているだろうか。

オーネンにいたころ、俺が寝泊まりをしていた高級宿だ。

幸いなことにスイートルームが空いていたので、今回も滞在先に選ばせてもらった。

その日は朝から部屋でゆっくりと過ごしつつ、以前、世話になった人々に向けて手紙を書いていた。

宛先としては、レリックやメイヤード伯爵、冒険者ギルドフォートポート支部のジェス支部長などなど。

手紙の内容は大きく分けて三つだ。

――無事にこの世界に帰ってきたこと。

――今はオーネンに滞在していること。

――いずれ挨拶に行くつもりであること。

【空間支配】を使えばどこに行くのも一瞬だが、相手にだって都合があるだろうからな。

まずは手紙で一報を入れておくべきだろう。

俺としても、もうしばらくはオーネンでのんびりと休みたい気持ちがあった。


途中で休憩を挟みつつ、すべての手紙を書き終えたころには夕方になっていた。

「そろそろ行くか」

俺は洗面所で髪型と服装を整えると、部屋を出た。

今日の夜はアイリスと二人で食事に行くことになっていた。

待ち合わせの場所は、街の中心部にある噴水広場だ。

約束した時間の十分前に現地に着くと、そこにはすでにアイリスの姿があった。

いつもの服装ではなく、白い、清楚《せいそ》なワンピースを着ている。

「コウ、今日はよろしくね」

「こっちこそ。そのワンピース、前に着ていたやつだよな」

「覚えてたの？」

「もちろん」

俺はアイリスの言葉に頷《うなず》く。

以前、二人で黒竜討伐の打ち上げをしたときも彼女は白いワンピースを着ていた。

「よく似合ってるな」

「ありがと。コウにそう言ってもらえると嬉《うれ》しいわ」

アイリスは嬉しそうな笑みを浮かべると、機嫌よく歩き始めた。

行き先は『銀の牡鹿亭《おじかてい》』、黒竜討伐の打ち上げでも使った料理店だ。

裏通りにあるこぢんまりとした店だが、味はまちがいなく一流と言い切れる。

看板メニューの『トゥーエ牛の煮込みシチュー』はあいかわらず絶品で、牛肉はほろほろ、噛《か》めば噛むほどに旨みが舌に溢《あふ》れてくる。

そこに甘いビーフシチューが絡まると、しばらく何も言えなくなってしまうほどの豊かな味わいが生まれる。

やっぱり、ここの料理は旨いな。

思わず口元を綻《ほころ》ばせていると、テーブルを挟んで向かいに座っていたアイリスが声をかけてくる。

「大満足って感じの顔ね」

「ああ。この世界に帰ってきた甲斐《かい》があったよ」

「ふふっ、ちょっとオーバーじゃない？」

「かもな」

ゾグラルと融合した後、俺は神を超える存在となり、過去、現在、未来のすべてに干渉できる力を手に入れた。

けれど、その力を捨てて人間に戻ったのは、結局のところアイリスたちの存在があったからだろう。

彼女たちと同じ時間を歩んで、同じように生きていきたい。

そんな気持ちがあったからこそ、俺は帰ってきたのだろう。


食事を終えると、俺たちは会計を済ませて銀の牡鹿亭を出た。

二人で並んで、夜の街を歩く。

俺は右側、アイリスは左側。

前にも同じようなことがあったな……などと考えていると、アイリスが話しかけてくる。

「ねえ、コウ」

「どうした？」

「帰ってきてくれて、ありがとう」

「礼を言われるようなことじゃないさ」

「いいじゃない。あたしがそういう気分なの」

アイリスは俺のほうを見ると、フッと笑みを浮かべた。

頬《ほお》に朱が差しているのは、店でワインを飲んだからだろうか。

「正直なことを言うと、一年間ずっと不安だったの。……コウはもう帰ってこないかも、って」

「そんなわけないだろう。皆との約束もあるからな。それを破ったりはしないさ」

「ええ、もちろん分かってるわ。けれど、やっぱり弱気になってしまうときがあるの。このまま二度と会えなくなったらどうしよう、なんて考えたりね」

アイリスはそう言って、少しだけこちらに身を寄せてくる。

俺の左手の甲と、アイリスの右手の甲が触れ合った。

「……」

「……」

互いの視線が交差する。

以前は互いに顔を見合わせて、クスッと笑うだけだった。

けれど、今回は違った。

数秒の沈黙を経て――

アイリスが俺の手を握った。

「せっかくだし、もう一軒、どこかで飲まない？」

「賛成だ」

俺はそう答えながら、アイリスの手を握り返す。

「次はどこにする」

「コウに任せてもいい？」

「ああ」

俺は頷く。

アイリスは照れたような笑みを浮かべると、さらに強く俺の手を握った。

異世界で手に入れた生産スキルは最強だったようです。

～創造＆器用のW《ダブル》チートで無双する～

MFブックス

異世界で手に入れた生産スキルは最強だったようです。~創造&器用のWチートで無双する~ 5

2023年2月25日　初版第一刷発行

著者　遠野九重
発行者　山下直久
発行　株式会社KADOKAWA
〒102-8177　東京都千代田区富士見2-13-3
0570-002-301(ナビダイヤル)
印刷・製本　株式会社広済堂ネクスト
ISBN 978-4-04-681356-5 C0093
©Tohno Konoe 2023
Printed in JAPAN

●本書の無断複製(コピー、スキャン、デジタル化等)並びに無断複製物の譲渡及び配信は、著作権法上での例外を除き禁じられています。また、本書を代行業者等の第三者に依頼して複製する行為は、たとえ個人や家庭内の利用であっても一切認められておりません。
●定価はカバーに表示してあります。
●お問い合わせ
https://www.kadokawa.co.jp/ (「お問い合わせ」へお進みください)
※内容によっては、お答えできない場合があります。
※サポートは日本国内のみとさせていただきます。
※ Japanese text only

企画　株式会社フロンティアワークス
担当編集　中村吉論(株式会社フロンティアワークス)
ブックデザイン　AFTERGLOW
デザインフォーマット　ragtime
イラスト　人米

本シリーズは「小説家になろう」(https://syosetu.com/) 初出の作品を加筆の上書籍化したものです。
この作品はフィクションです。実在の人物・団体・事件・地名・名称等とは一切関係ありません。

ファンレター、作品のご感想をお待ちしています

宛先
〒102-0071　東京都千代田区富士見2-13-12
株式会社 KADOKAWA　MFブックス編集部気付
「遠野九重先生」係「人米先生」係

二次元コードまたはURLをご利用の上
右記のパスワードを入力してアンケートにご協力ください。

https://kdq.jp/mfb
パスワード
vcy8e

● PC・スマートフォンにも対応しております(一部対応していない機種もございます)。
●アンケートにご協力頂きますと、作者書き下ろしの「こぼれ話」がWEBで読めます。
●サイトにアクセスする際や、登録・メール送信時にかかる通信費はご負担ください。
● 2023年2月時点の情報です。やむを得ない事情により公開を中断・終了する場合があります。

STORY

地球生まれの異世界育ちの元勇者が、貧乏貴族の三男ハリスに転生!?

でもこの少年、実家から追い出された大問題児だった……。

獲得したすべての経験値を自由に振り直せるスキル『やりなおし』を見つけ、

「草むしり」で効率的に経験値を稼ぐ日々。三度目の人生を気ままに生きようとするも、
公爵令嬢の側仕えとしてお屋敷に住み込むこととなり——


MFブックス新シリーズ発売中!!

MFブックス

膨《ぼう》大《だい》な魔力を使って自由に生きる！
STORY
病弱で辛い日々を送っていたニコラは、
武器のサーバント・カタリナに
契約を破棄され死にかける。
ところが目覚めるとなぜだか彼は健康体で、
魔法も使えるようになっていた。
健康になった少年の、魔法を研究しながら
自由を謳歌する生活が始まる！
武器に契約破棄されたら
健康になったので、
幸福を目指して生きることにした
Since I became healthy after the contract was canceled from the weapon,
I decided to live with the aim of happiness
嵐山紙切
Arashiyama Shisetsu
イラスト：kodamazon
MFブックス新シリーズ発売中!!
MFブックス

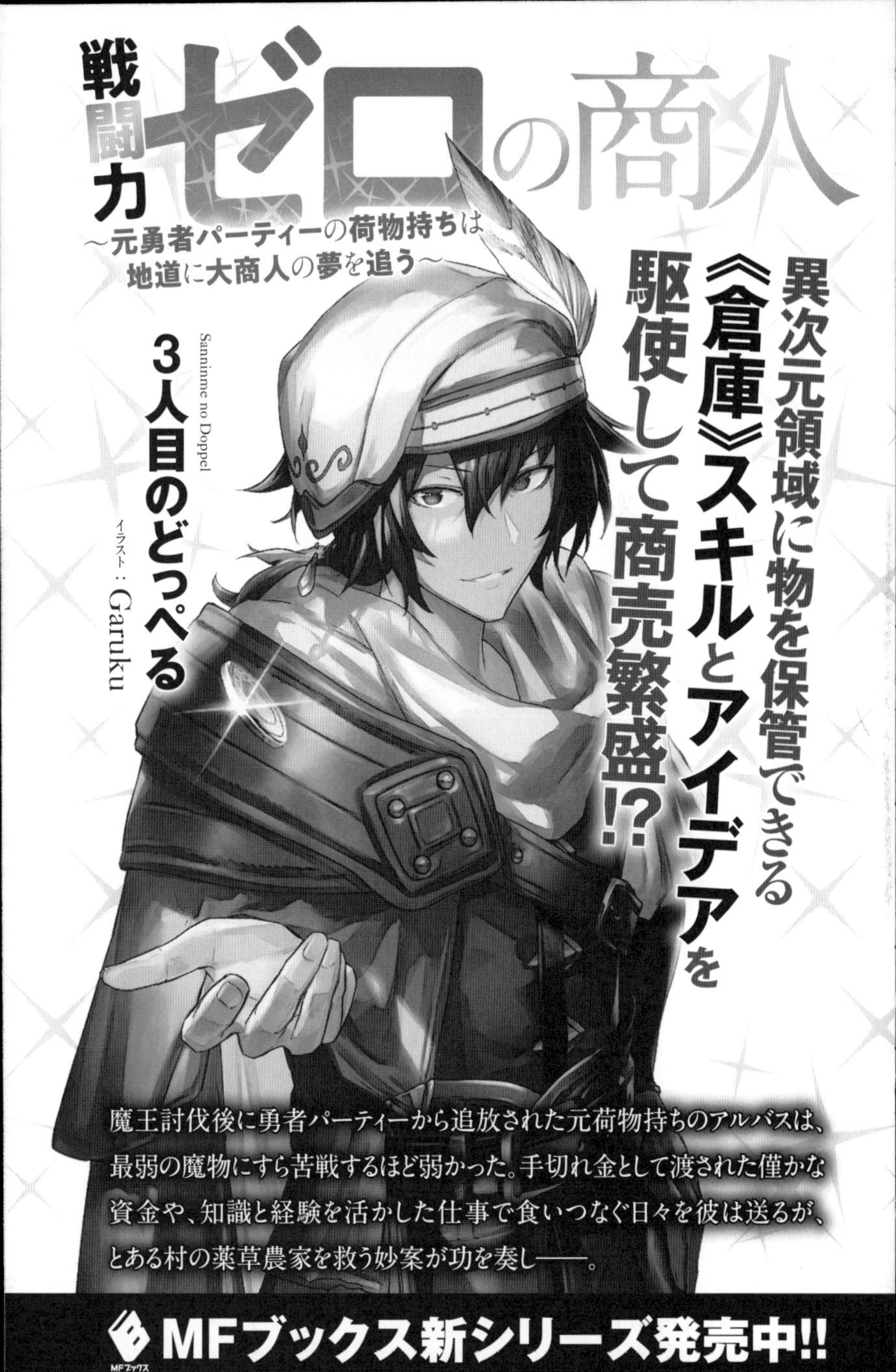
戦闘力ゼロの商人
～元勇者パーティーの荷物持ちは
地道に大商人の夢を追う～
異次元領域に物を保管できる
《倉庫》スキルとアイデアを
駆使して商売繁盛!?
3人目のどっぺる
Sanninme no Doppel
イラスト：Garuku
魔王討伐後に勇者パーティーから追放された元荷物持ちのアルバスは、
最弱の魔物にすら苦戦するほど弱かった。手切れ金として渡された僅かな
資金や、知識と経験を活かした仕事で食いつなぐ日々を彼は送るが、
とある村の薬草農家を救う妙案が功を奏し――。
MFブックス新シリーズ発売中!!
MFブックス

モノクロウサギ
MONOKURO USAGI
イラスト：岩本ゼロゴ
1
怠惰の王子は祖国を捨てる
～氷の魔神の凍争記～
最強の所以《ゆえん》は、異次元の凍結魔法
敗戦濃厚の戦地で本隊を逃がすための殿《しんがり》部隊を任された『無能王子』のルト。ルトが率いるのはたった五十三人の兵士たち。万に一つも勝ち目はないと思われたが、ルトには隠し続けてきた恐るべき切り札があった――。
MFブックス新シリーズ発売中!!
MFブックス

時に殺され、時にデレデレ
たとえ死んでも君のため何度だってやり直す

ダンジョンの最奥地へ追放されたキスカは絶望を越え〈セーブ&リセット〉の能力を手に入れる。
復讐を果たすべく死に戻りを駆使して突破を目指すが、美少女勇者や妖艶な吸血鬼のヒロインたちが行く手を阻む！

MFブックス新シリーズ発売中!!
MFブックス

みつばものがたり 1
呪いの少女と死の輪舞《ロンド》

七沢またり　イラスト:EURA

STORY
ぼんやりとした異世界の記憶と、呪いの力を宿して永い眠りから覚醒したミツバ。彼女のやりたい放題な生き様は、怖くて――痛快!?継母の策略で貴族家を追い出され、士官学校に放り込まれたミツバの運命は――?
狂気と踊れ。

MFブックス新シリーズ発売中!!

MFブックス

MFブックス新シリーズ発売中!!

攻撃魔術の使えない魔術師

~異世界転性しました。
新しい人生は楽しく生きます~

絹野帽子
イラスト：キャナリーヌ

Story

大杉健太郎は、突然の事故で命を落とすが、
気づくと異世界に転生していた
――幼女として。
彼は規格外の魔術が使えることを
秘密にして日常を楽しむが、
とある事件で力を使ってしまい、
ついに自身の秘密がバレて……!?

「こぼれ話」の内容は、
あとがきだったり
ショートストーリーだったり、
タイトルによってさまざまです。
読んでみてのお楽しみ！

アンケートに答えて著者書き下ろし「こぼれ話」を読もう！

よりよい本作りのため、
読者の皆様のご意見を参考にさせて頂きたく、
アンケートを実施しております。

奥付掲載の二次元コード（またはURL）にお手持ちの端末でアクセス。
↓
奥付掲載のパスワードを入力すると、アンケートページが開きます。
↓
アンケートにご協力頂きますと、著者書き下ろしの「こぼれ話」がWEBで読めます。

- PC・スマートフォンに対応しております（一部対応していない機種もございます）。
- サイトにアクセスする際や、登録・メール送信時にかかる通信費はご負担ください。
- やむを得ない事情により公開を中断・終了する場合があります。

オトナのエンターテインメントノベル　MFブックス　毎月25日発売